소설
대장정 1

소설
대장정 1

웨이웨이 글 | 선야오이 그림 | 송춘남 옮김

보리

진보와 해방을 위해 싸우는 사람들을 북돋우는 마르지 않는 샘

웨이웨이 魏巍 위외

중국 영웅들의 큰 걸음, 장정長征은 어느덧 중국 인민의 서사시를 넘어 온 인류의 서사시로 자리 매김 했다. 이 서사시는 중국 인민과 중국 공산 당원들이 그 걸음과 피로 이 지구 위에 새겨 놓은 것이다. 그것은 마치 붉 디 붉은 아름다운 댕기처럼 이 지구 별을 두른 채, 인류와 다음 세대가 영 원히 기념할 만한 사건으로 남아 있다.

장정은 벌써 반세기 전 일이다. 그렇다면 장정의 역사적 의의는 무엇인 가? 돌이켜 보면 역사 스스로 그 의의를 똑똑히 말해 주고 있다. 장정이 큰 대가를 치르며 남긴 불씨가 항일 전쟁을 승리로 이끌었다. 중국 공산 당은 항일 전쟁 가운데서 힘을 길러 비로소 해방을 맞이할 수 있었다. 장 정은 우리 중국이 깜깜한 어둠에 싸여 있을 때 비로소 고개를 내민 아침 햇살 같은 사건인 셈이다. 중국이 새 아침을 맞을 무렵 벌어진 이 치열한 투쟁에 힘입어 우리 민족과 인민의 운명이 얼마나 크게 달라졌던가!

하지만 결코 장정의 의의는 이쯤에서 그치지 않는다. 장정이 남긴 정신 적 유산은 그 가치를 함부로 가늠할 수 없다. 홍군 전사들이 장정 길에서 겪은 어려움이 남달랐던 만큼, 그들이 보여 준 용감함과 끈기 또한 인류 가 지닌 가장 아름다운 품성을 상징하는 빛나는 본보기로 남았다. 이 유

산은 우리가 더 나은 중국을 만들어 가는 데, 또 우리 다음 세대와 진보와 해방을 위해 싸우는 온 인류에게 언제나 큰 힘을 북돋우는 마르지 않는 샘이 될 것이다.

우리 역사에는 쟁쟁한 농민 전쟁이 숱하다. 또 그때마다 감동적인 영웅들이 많이 나왔다. 하지만 수백, 수천 차례 일어난 농민 전쟁은 하나같이 실패하거나 다른 왕조가 들어서며 막을 내렸다. 그런데 왜 장정처럼 농민이 주체인 혁명전쟁은 승리할 수 있었는가? 역사 속에 그 답이 있다. 장정은 근대 무산 계급이 이끌었고, 마르크스―레닌주의를 영혼으로 삼은 중국 공산당이 그 대변자 노릇을 충실히 해냈기 때문이다.

장정은 내 마음속의 시이다. 나는 줄곧 장정을 흠모하며 동경해 왔다. 그런데 장정이 지닌 비범한 웅장함과 아름다움을 문학적으로 온전히 담아 내기에는 내 배움과 재주가 부족한 것 같아 오랫동안 머뭇거렸다. 하지만 이제는 세월이 너무 흘러 더 미룰 수가 없게 되었다. 올해로 이 용감무쌍한 군대가 창건 예순 돌을 맞는다. 부족하지만 이 작품을 나를 길러 준 당과 군대, 인민에게 드린다.

위대한 장정은 홍군의 3대 주력 부대인 1・2・4 세 개 방면군方面軍이

함께 이룬 것이다. 그 내용이 어찌나 풍부한지 이 역사를 모두 담아 내려면 여러 작품이 나와야 할 것이다. 이 소설은 중앙 홍군의 움직임을 중심으로 썼다. 형편이 이러하니 독자들이 크게 허물하지는 않으리라 생각한다.

나는 이 책을 쓰기 전에 많은 혁명 선배들을 찾아다녔다. 다들 애정 어린 가르침으로 나를 이끌어 주었다. 오래전 홍군이 걸었던 장정 길을 따라 걷는 동안에도 여러 동지와 인민들을 만났다. 따뜻하게 나를 맞아 준 많은 이들을 잊을 수 없다. 또 나는 전사들이 몸소 겪은 장정 이야기가 담긴 회고록을 꼼꼼히 찾아 읽으며 장정이라는 큰 역사적 줄기를 나름으로 재구성해 갔다. 이런 것들이 이 소설을 쓰는 데 큰 도움이 되었다. 이 지면을 빌려 모든 이들에게 깊이 감사드린다.

장정 길에서 영원히 잠든 열사들과 아직도 건강히 살아 있는 장정의 영웅들이여! 당신들의 굳건한 정신과 위대한 업적은 오래오래 빛날 것이다.

장정의 본모습을 진실하고 생생하게 그려 낸 빼어난 성취

네룽전聶榮臻 섭영진

나는 〈당대 장편 소설當代長篇小說〉이라는 잡지에서 웨이웨이 동지가 쓴 《소설 대장정地球的紅帶飄》을 발견하고는 흥분해마지않았다. 그길로 꼬박 열 며칠을 단숨에 내리 읽었다.

《소설 대장정》은 문학 언어로 장정을 다룬 첫 장편 거작으로 그 내용이 진실하고 살아 있다. 문장도 좋고 하나하나 의미가 깊어 읽는 재미도 쏠쏠했다. 다 읽고 나니 마치 장정을 또 한 번 한 것 같은 기분이 들 정도였다.

장정은 인류 역사의 기적이자 우리 당과 군대, 민족이 길이 자랑스럽고 귀중하게 여길 만한 재산이다. 어려움이 닥칠 때마다 장정을 떠올리면 못 헤쳐 나갈 일이 없을 테니 말이다.

웨이웨이 동지는 이 위대한 역사적 사건을 제대로 그리기 위해 그 많은 자료들을 꼼꼼히 모으는 한편, 장정 길을 두 번이나 직접 걸었다. 그런 뒤 몇 해 동안 이 소설을 써 내려갔다.

그동안 장정을 다룬 소설이 꽤 나왔지만 대개 설산을 넘고 초지를 지나며 고생한 이야기에 머무르고 말았다. 하지만 이 소설은 내부 분쟁을 깊이 있게 다뤄 당의 힘을 충분히 보여줌으로써 독자들이 장정의 본모습을

이해할 수 있게 돕는다.

한편 이 작품은 마오쩌둥, 저우언라이, 주더, 왕자샹, 펑더화이, 류보청, 예젠잉 같은 지도자들의 모습을 아주 진실하게 그려 냈다. 이들은 내가 아주 잘 아는 윗사람이자 전우로, 장정을 하는 동안 소설 속 모습과 다름없이 꼭 그러했다. 혁명이 가장 위태로운 때에도 변함없이 당과 인민을 위해 싸웠으며, 흔들림 없이 홍군을 궁지에서 구해 승리로 이끌었다. 이런 이야기들을 아주 진실하고 생생하게 묘사하고 있다.

장제스, 왕자레이, 양썬 같은 국민당 쪽 인물들도 성격이 선명하여 살아 있는 듯하다. 또 다른 인물들도 저마다 특징을 살려 섬세하게 부각시켰다.

《소설 대장정》은 이렇듯 높은 경지에서 장정이라는 위대한 사건을 그렸고, 이 역사의 한 단락을 예술적으로 재현해 낸 뛰어난 작품이다. 한 편의 서사시처럼 장정을 담아 낸 이 소설은 우리가 홍군의 장정 정신을 잇고 빛내는 데 큰 보탬이 될 것이다.

웨이웨이 동지는 누구나 잘 알고 존경하는 작가이다. 《누가 가장 사랑스러운 사람인가誰是最可愛的人》, 《동방東方》 같은 소설은 인민들 속에서 널리 읽히고 있다. 나는 오래전 항일 전쟁 때부터 웨이웨이 동지를 알고 지냈다. 그는 글 쓰는 데 타고난 재주가 있는 이들 중에 혁명전쟁이라는 시련을 겪은 드문 사람이다. 또한 오랫동안 부지런히 글을 써 오면서 빼어난 성과를 많이 거둔 작가이기도 하다. 하지만 웨이웨이 동지는 나이 일흔에 또《소설 대장정》이라는 뛰어난 작품을 내놓았다. 쉬지 않고 애쓰는 이 정신이야말로 정말 귀중하다.

1987년 10월 6일

소설 **대장정** 1권

일러두기

1. 맞춤법과 띄어쓰기, 외래어 표기는 국립국어원 〈표준국어대사전〉 원칙을 따랐다.
2. 중국어로 된 고유 명사는 다섯 권을 통틀어 처음 나올 때에만 괄호 안에 한자와 한자음을 달았다. 다만, 1911년 신해혁명 이전 것은 우리 한자음대로 쓰고 곁에 한자를 써 주었다.
3. 중국 도량형에서 일 리는 우리와 달리 오백 미터 남짓 되는 거리를 이른다.
4. 《소설 대장정 地球的紅飄帶》 내용 가운데 여러 증언과 연구를 통해 지금까지 분명하게 밝혀진 역사적 사실과 다른 것은 한국어판에서 최대한 바로잡았다. 다만, 1방면군과 합류할 당시 4방면군 병력에 관한 것은 원작이 서술하고 있는 대로 두었다.

   장정에 참여한 홍군 전사들은 4방면군 규모가 대략 팔만 명에서 십만 명쯤이었다고 밝히고 있다. 저자 웨이웨이는 본문에서 서로 다른 증언들을 두루 다루며 이 문제를 드러냈다. 1988년 중국에서 이 책이 처음 나온 뒤, 중국 공산당 총서기를 지낸 후야오방은 모처럼 마음에 차는 소설을 읽은 기쁨과 즐거움을 담아 웨이웨이에게 시 한 수를 써 보냈다. 그러면서 장궈타오가 캐나다로 망명한 뒤 쓴 회고록을 보면 1935년 1방면군과 만날 즈음 4방면군 병력을 사만 오천 명으로 밝히고 있다면서, 이 숫자도 훗날 실제로 밝혀진 1방면군 병력에 견준다면 "네 배가 넘는 굉장한 숫자"라 병력을 더 불리는 것은 좋지 않겠다는 의견을 전했다. 중국 인민문학출판사는 다음 쇄를 찍으면서 후야오방의 친필 서한을 책 맨 뒤쪽에 실어 이 사실을 밝혔다.

1장 붉게 물든 샹강

1934년 12월 1일, 넓고 푸른 샹 강湘江 상강이 피로 물들었다.

지난 11월 말, 장시江西 강서 소비에트 구역에서 온 중앙 홍군은 구이린桂林 계림 북쪽에 있는 샹 강 기슭에서 국민당군에게 가로막혔다. 홍군은 방어선 세 겹을 헤치고 이천삼백 리를 싸우면서 여기까지 걸어왔다. 높은 산과 가파른 고개를 넘고, 숲과 가시덤불을 헤치며 걷고 싸웠다. 짚신은 닳아 떨어진 지 오래고 군복은 진작 너덜너덜해졌다. 적군은 끈질기게 뒤쫓아 왔다. 싸움과 행군이 끝없이 이어지자 사람들은 지쳐 갔다. 장제스蔣介石 장개석는 또 한 번 홍군을 무찌를 수 있는 기회가 왔다면서 병력 사십만을 끌어모아 팔만에 이르는 홍군을 샹 강

기슭에서 모조리 쓸어 없애려고 했다.

하지만 중앙 홍군은 반드시 샹 강을 건너야 했다. 후난^{湖南 호남} 서부
에 들어가서 2군단과 6군단을 만나 홍군의 세력을 키워야 했기 때문
이다. 홍군 지도부는 가장 전투력이 강한 1군단과 3군단을 두 날개로
삼고, 5군단더러는 뒤쫓아 오는 적군을 막게 했다. 그사이 중앙 홍군
과 군사 위원회 종대가 재빨리 강을 건너기로 했다. 물러서거나 머뭇
거린다면 자칫 전멸할 수도 있었다.

오른쪽을 맡은 1군단은 촨저우^{全州 전주}를 점령하려고 했지만, 허젠
^{何健 하건}이 이끄는 후난 군대가 먼저 차지하는 바람에 촨저우 아래 자

오산푸脚山鋪 각대포 일대에 있는 작은 산을 점령했다. 장제스는 허젠을 추격군 총사령관으로 임명했다. 허젠은 자기가 거느린 네 개 사단에게 빨리 진격하라고 밤낮 다그쳤다. 자오산푸 일대에 있는 작은 산은 밤낮으로 짙은 연기에 휩싸였다.

왼쪽을 맡은 3군단은 광시廣西 광서 군대와 관양灌陽 관양에서 한 치도 양보 없이 싸웠다. 홍군 본부는 남쪽 제서우界首 계수에서 북쪽 평황쮜이鳳凰嘴 봉황취에 이르는 나루터 몇 군데에서 강을 건너기로 했다. 초겨울이라 물이 얕은 곳으로 걸어서 건너는 일은 어렵지 않았다. 하지만 중앙 종대와 군사 위원회 종대는 짐이 너무 많아 빨리 움직일 수가 없었다. 시간을 끄는 만큼 엄호 부대는 엄청난 대가를 치러야 했다.

어제 전투는 더욱 치열했다. 홍군 1군단은 자오산푸 일대에 있는 작은 산을 지키고 있다가 적군이 뛰어난 화력을 앞세워 공격해 오는 통에 많은 이들이 죽고 다쳤다. 미화 산 米花山 미화산, 메이뉘수터우 령 美女梳頭嶺 미녀소두령, 젠펑 령 尖峰嶺 첨봉령 진지가 차례로 무너져 어쩔 수 없이 샤비톈 夏壁田 하벽전, 수이터우 水頭 수두, 주란푸 珠蘭鋪 주란포, 바이사 白沙 백사로 물러나 제2 방어 진지를 만들어야 했다.

샹 강 일대는 눈앞이 훤히 트인 곳이었다. 양쪽 기슭에서부터 서쪽 큰 산에 이르는 수십 리는 모두 경사가 느렸다. 높은 곳에는 어린 소나무가 빽빽했다. 낮은 곳은 논인데, 그마저 벼를 거둔 뒤라 들판은 텅 비어 있었다. 게다가 며칠 날씨가 맑아서 국민당 공군에게는 더없

이 좋은 기회였다. 아침부터 저녁까지 적기 수십 대가 날았다. 비행기는 나무 끝을 스칠 듯이 득의양양하게 날면서 폭격과 사격을 퍼부었다. 부교에 오르거나 강물에 들어선 이들은 피할 겨를도 없이 무더기로 강물에 꼬꾸라졌다. 시체가 강 위로 둥둥 떠내려가고 푸른 강물은 핏빛으로 물들었다.

이제 오늘까지 건너면 중앙 홍군이 모두 샹 강을 건널 수 있었다. 허젠도 마지막 날이라는 것을 알고 죽을 듯이 덤벼들었다.

아침부터 포성이 쿵쿵 울리고, 총소리가 따따따땅 자지러졌다. 소리는 미세기처럼 겨끔내기로 잠잠했다 높아졌다 하며 울렸다. 북쪽

바이사, 샤비톈 일대는 더 정신을 차릴 수가 없었다. 비행기도 동트기 전부터 나타나 샹 강을 따라 빙빙 돌았다.

하지만 홍군 전사들과 지도부가 바란 대로 중앙 종대와 군사 위원회 종대는 마침내 제서우 진에 임시로 만들어 놓은 샹 강 부교에 올랐다. 해는 높이 떴고, 하늘에는 얇은 구름 몇 조각이 띄엄띄엄 걸려 있었다. 중앙 종대는 샹 강을 건너 서쪽 큰 산 쪽으로 재빨리 움직였다. 중앙 종대 전사들은 붉은 휘장이 달린 회색 군복 차림에 붉은 별을 단 작은 팔각 모자를 썼다. 등에는 삿갓을 메고 짚신을 신고 있었다. 평복을 입고 머리에 검은 천을 두른 농민도 더러 눈에 띄었다. 장정을

나서기 바로 전에 홍군에 들어온 전사들이었다. 행렬에는 무거운 짐 꾸러미를 지고 걸어가는 노새도 많았다.

밤새 행군을 했는지 모두들 얼굴이 푸르뎅뎅하고 몹시 지쳐 보였다. 하지만 찬 아침 공기와 머리 위에서 쉴 새 없이 빙빙 도는 적가 때문에 잠기운은 싹 달아나 버렸다. 적기가 총을 쏘아 대면 좀 숨어 있다가 비행기가 머리 위를 지나가면 서둘러 걸음을 다그쳤다.

그즈음 강을 건너려고 기다리던 대오에서 대춧빛 말과 가라말을 탄 사람 둘이 빠져나왔다. 오솔길을 따라 대오 앞으로 가려는 듯했다. 열 사람 남짓한 전사들이 그 뒤를 따랐다.

대춧빛 말을 탄 사람은 여윈 얼굴에 턱수염을 길게 길렀는데 서른 여덟이나 아홉쯤 되어 보였다. 부리부리한 눈에서 슬기롭고 강인하며 총명한 기운이 고스란히 배어 나왔다. 바로 중앙 혁명 군사 위원회 부주석이자 중국 노농 홍군 총정치위원인 저우언라이周恩來 주은래였다.

　　가라말을 탄 사람은 나이가 좀 들어 뵀다. 농민처럼 주름 가득한 얼굴이 구리로 조각해 놓은 사람처럼 아주 튼튼해 보였다. 눈매며 꾹 다문 입가에 맺힌 주름에는 착한 본성이 그대로 배어 있었다. 그가 바로 중앙 혁명 군사 위원회 주석이며 중국 노농 홍군 총사령관인 주더朱德 주덕였다. 며칠 밤을 못 잤는지 눈에는 핏발이 잔뜩 서 있었다.

  주더와 저우언라이는 오늘 새벽 한 시 반쯤 1군단에게 무슨 일이 있
어도 서쪽으로 난 여러 갈래 길을 확보하라고 명령했다. 뒤이어 새벽
세 시 반에는 홍군 중앙국과 군사 위원회, 총정치부가 함께 1군단과 3
군단에게 지시를 엄격히 따르라는 명령을 다시 내렸다. 두 사람은 새
벽 다섯 시에야 마지막 배치를 끝내고 뒤에서 부대를 따라왔다. 비록
중앙 종대와 군사 위원회 종대가 한창 강을 건너고 있었지만 북쪽에서
끊임없이 높아지는 총소리와 포성 때문에 여전히 마음이 무거웠다.
그들은 말 위에서 내내 북쪽을 바라보며 포탄이 떨어진 곳에 이는 짙
은 연기를 보고 싸움터의 형세를 가늠했다.

샹 강이 멀지 않았다. 홍군은 무거운 물건들을 적지 않게 길에 버렸
다. 가면 갈수록 버리는 물건이 더 늘었다. 버려진 활자 인쇄기와 석
판 인쇄기도 여러 대 보였다. 중앙 소비에트 구역에서 쓰던 물건이 틀
림없었다. 《붉은 중국紅色中華 홍색중화》과 중화 소비에트 공화국 화폐
따위는 모두 이걸로 인쇄한 것이었다. 인쇄기에는 밧줄이 감긴 채 멜
대가 꽂혀 있었다. 둘레에 핏자국이 얼룩진 걸 보면, 기계를 메고 가
던 사람들이 폭격을 맞아 죽거나 다치는 바람에 기계를 버린 것이 분
명했다. 저우언라이와 주더는 눈을 감고 묵묵히 고개를 돌렸다.

앞에 죽 늘어선 버드나무 아래에서 큰 불 몇 무더기가 타오르고 있
었다. 홍군 간부 몇이 고개를 숙인 채 그 곁을 지키고 서 있었다. 저우
언라이와 주더는 말에서 내려 그리로 가 보았다. 불길은 가을바람을
타고 혀를 날름거리며 타올랐다. 《공산당 선언Manifest der Kommunistischen
Partei》, 《반 뒤링론 Herrn Eugen Dührings Umwälzung der Wissenschaft》, 《국가와
혁명Государство и революция》, 《민주주의 혁명에서의 사회민주주의당의
두 가지 전술Две тактики социал-демократии в демократической революции》,
《공산주의에서의 '좌익' 소아병Детская болезнь 'левизны' в коммунизме》처럼
아주 귀하게 건사해 오던 책과 서류들이 잿더미가 되고 있었다. 저우
언라이가 쓰린 마음을 감추며 물었다.

"동지들은 어디 소속입니까?"

"저희들은 중앙 당 학교 사람들입니다."

한 간부가 대답했다. 저우언라이와 주더가 다가오자 사람들은 울먹
울먹한 목소리로 말했다.

"저우 부주석 동지, 주 총사령관 동지, 저희들을 벌해 주십시오. 이

물건들이 너무 무거워서 도저히 메고 갈 수가 없습니다."

"다친 동지들도 많습니다."

서류는 이미 다 타 버렸지만, 책까지 모두 태우려면 아직도 한참 있어야 했다. 저우언라이는 손을 저으며 말했다.

"어서 가세요! 더 머뭇거리다간 건너갈 수 없습니다."

그러고는 주더와 함께 강가로 갔다. 아래를 보니 지금껏 본 적이 없는 끔찍한 일이 벌어지고 있었다. 드넓은 강물 위로 드문드문 홍군 전사들의 시체가 떠내려왔다. 죽은 노새와 멋대로 뒤엉킨 서류, 중화 소비에트 공화국의 화폐, 그리고 홍군 전사들이 쓰고 있었을 둥근 삿갓

들…… 강물도 온통 핏빛이었다.

저우언라이는 고개를 숙였다. 주더의 얼굴은 철판처럼 굳어졌다.

"어서 피하세요! 비행기가 또 옵니다!"

저우언라이의 소년 호위병 싱궈興國 흥국가 새된 소리로 외쳤다. 두 사람은 몸을 돌려 남쪽 제서우 나루터로 발걸음을 옮겼다. 호위병들은 일행이 적들 눈에 띨까 봐 조금 떨어져서 말을 끌고 따랐다.

제서우는 샹 강 서쪽 높은 강기슭에 자리 잡고 있었다. 모두 사오백 가구쯤 될까 했다. 마을은 푸른색 기와집들로 빽빽했다. 홍군은 수많

은 나룻배를 이어 여기에 다리를 놓았다. 홍군 대오가 줄을 지어 다리를 건너고 있었다. 저우언라이와 주더는 대오 쪽으로 걸어갔다. 부교들머리는 사람들이 시끌벅적 떠드는 소리와 말이 흐히잉 울부짖는 소리, 어지러운 발걸음 소리가 뒤섞여 몹시 어수선했다.

강기슭 높은 곳에는 양 끝이 건뜻 들린 바람벽에 '싼관탕三官堂 삼관당'이라는 현판을 매단 으리으리한 집 한 채가 서 있었다. 몸집이 커다란 군인 하나가 뒷짐을 진 채 그 사당 앞을 서성거렸다. 부교를 건너는 부대를 살피면서 곁에 선 참모들에게 뭔가 얘기를 하고 있는 펑더화이彭德懷 팽덕회였다.

그는 저우언라이와 주더를 보더니 걸음을 멈추고는 탓하듯 말했다.

"당신들 왜 이제야 오는 겁니까?"

"몸을 뺄 겨를이 있어야지."

주더가 대답하며 저우언라이와 함께 기슭에 올라섰다.

"싸움을 하는 사람들한테 이렇게 짐을 많이 지웠다니 정말 놀랍지 않습니까?"

강을 건너는 일을 지휘하던 펑더화이는 기어이 언짢은 기색으로 한마디 했다.

"안 그래도 오다가 책을 태우는 동지들을 보았습니다. 짐 때문에 다들 고생이 많지요."

저우언라이가 고개를 끄덕이며 대꾸했다.

"그런데 보구博古 박고 동지는 지나갔습니까?"

"지나갔습니다. 리더李德 이덕－오토 브라운 Otto Braun도 아까 갔어요!"

펑더화이가 시답지 않게 말했다.

"마오 주석은요?"

"못 봤습니다."

펑더화이가 고개를 저었다.

"아마 뒤에 있는 것 같은데……."

"왕자샹王家祥 왕가상 동지하고 뤄푸洛甫 낙보—장원톈 동지는?"

"둘 다 못 봤습니다."

저우언라이의 눈동자가 어두워지면서 얼굴에 걱정이 가득 찼다. 주더도 어딘가 조급해서 물었다.

"펑 동지, 지금 상황이 어떻습니까?"

"북쪽에서 허젠이 사납게 공격을 하고 있어요. 개자식!"

펑더화이가 사납게 욕을 해 댔다.

"금방 린뱌오林彪 임표, 녜룽전聶榮臻 섭영진하고 통화했는데 아주 힘든가 봅니다. 한 개 연대가 적에게 포위되었답니다. 그중 두 개 대대가 포위를 뚫고 나왔는데 또 적들한테 둘러싸였다 하구요. 사상자가 아주 많습니다. 간부들이 다치고 죽은 연대가 여럿이라는데, 지금은 전화선이 끊겼습니다."

"남쪽은?"

"관양에서도 치열합니다. 사상자도 많을 겁니다."

펑더화이는 서남쪽을 가리키며 말했다.

"싱안興安 흥안 쪽은 좀 나을 텐데."

"바이충시白崇禧 백승희는 아주 약아 빠진 놈입니다."

저우언라이가 웃으며 말했다.

"놈은 광시를 지키려는 생각뿐이지요. 홍군이 들어오는 게 싫다면서 장제스의 중앙군이 오는 것도 꺼린다니까."

공습 나팔이 울리더니 사람들이 놀라 외치는 소리가 잇달아 들려왔다.

"적기가 온다, 적기가 온다!"

어느새 비행기 몇 대가 낮게 날았다.

"쾅! 쾅!"

곧 귀청을 찢는 소리가 들리더니 부교 양쪽으로 높다란 물기둥이 치솟았다. 다리 위는 사람들 고함 소리와 말 울부짖는 소리가 뒤섞여 혼란스러웠다. 서로 먼저 다리를 건너려고 밀고 당기다가 사람들이 물에 떨어졌다. 곧이어 적기가 기관총으로 사격을 퍼부었다. 홍군 전사들이 쓰고 있던 둥근 삿갓이 순식간에 물 위로 둥둥 떠올랐다.

"어서 저쪽으로 가세요!"

펑더화이는 주더와 저우언라이를 북쪽에 있는 버드나무 숲으로 밀면서 아래쪽을 보고 소리쳤다.

"밀지 말아요. 멈추면 안 됩니다! 비행기가 사람을 잡지는 못합니다."

저우언라이와 주더도 강기슭에 서서 손을 내저으며 소리쳤다.

"동지들! 어서 걸어요. 여기서 멈추면 안 됩니다!"

사람들은 땅에 엎드려 서둘러 숨을 곳을 찾다가 조금씩 마음을 가라앉혔다. 뚜뚜뚜 기관총 쏘는 소리가 쉴 새 없이 들려왔지만 하나 둘 주춤주춤 일어났다.

총에 맞은 사람들도 온 힘을 다해 일어나 서로 어깨를 걸고 절름절름 걸어갔다. 전사들이 지나간 자리마다 핏자국이 얼룩덜룩했다. 포연이 사라지자 물 위에는 또 홍군 전사들의 시체와 둥그런 삿갓, 오각별이 달린 모자, 서류와 중앙 소비에트 구역에서 쓰던 종이돈 따위가 둥둥 떠올랐다.

펑더화이는 낮게 날아다니는 적기를 보며 욕을 퍼부었다.

"개 같은 놈들!"

그러더니 참모장을 보며 소리쳤다.

"공격하라는 신호는 왜 보내지 않는 겁니까? 어서 보내세요!"

나팔 소리가 세 번 길게 울리자 강변에 숨어 있던 경기관총 사수들이 비행기를 겨누고는 사격을 퍼부었다. 적기는 다급하게 높이 날아올랐다. 홍군은 더욱 침착하게 걸음을 옮겼다.

하지만 북쪽에서 들려오는 포성이 점점 가까워지는가 싶더니 총소리도 더 자지러졌다. 진지가 남쪽으로 옮겨 가고 있는 것 같았다. 펑더화이는 불안한 얼굴로 저우언라이와 주더를 보았다.

"총사령관, 어서 저우 부주석과 떠나십시오."

"언라이, 당신이 먼저 가세요. 나는 1군단에 가 봐야겠습니다."

주더가 포성이 나는 쪽으로 고개를 돌리며 손짓을 했다.

"그만두세요. 갈 필요가 없지 않습니까."

"아니, 상황이 바뀐 것 같아. 언라이, 당신이 먼저 유자핑油榨坪 유자
평에 가세요. 무전기를 설치하고 전체 상황을 파악하는 것이 중요합니
다."

그는 말리는 저우언라이를 달래며 당부했다.

"좋습니다. 그렇게 하지요."

저우언라이는 하는 수 없다는 듯 고개를 끄덕이고는 펑더화이를 보며 정중하게 말했다.

"펑 동지, 무슨 일이 있어도 오후 다섯 시까지는 이곳을 지켜 내야 중앙 홍군이 모두 강을 건널 수 있습니다. 마오 주석과 다른 사람들이 모두 건넌 다음 몸을 빼야 합니다. 후퇴하기 전에 군사 위원회에 보고하세요."

펑더화이가 노련한 군인답게 고개를 끄덕이며 명령을 받았다. 저우언라이는 주더, 펑더화이와 헤어져 일행을 거느리고 강을 건넜다.

서쪽에 있는 큰 산들은 모두 자욱한 구름에 싸여 있었다. 홍군이 광시로 들어가려면 칭핑제靑坪界 청평계나 싼첸제三千界 삼천계 아니면 다냐오제打鳥界 타조계 가운데 하나를 넘어야 했다. 이 세 고개는 모두 높고 험했다. 중앙 종대와 군사 위원회 종대는 좁고 울퉁불퉁한 길을 따라 싼첸제 쪽으로 전진했다.

저우언라이는 앞선 대오를 따라 걸었다. 높은 곳에서는 북쪽으로

포탄이 터져 뭉게뭉게 피어오르는 연기가 보였다. 적들은 뒤를 바짝
쫓아오고 있었다. 멀어야 이십 리쯤 되었다. 남쪽으로는 이삼 리쯤 떨
어져 있는 작은 산봉우리에서 홍군 3군단과 광시 군대가 맞서고 있었
다. 중앙 종대는 코앞에 적들이 진을 치고 있는 길을 지나 서쪽으로
나아갔다. 가장 힘든 사람은 부상병들이었다. 지팡이를 짚고서도 뛰
다시피 걸어야만 했다. 뒤처진다는 건 곧 잔인한 죽음을 뜻했다.

점심 무렵, 저우언라이는 싼첸제 꼭대기에 올랐다. 서쪽으로는 눈

앞부터 아득한 곳까지 푸른 산들이 겹겹이 바다를 이루고 있었다. 산들은 하나같이 우중충했다. 산이라면 지난 몇 해 장시에서 숱하게 누볐지만 이렇게 높은 산은 본 적이 없었다. 동쪽으로 오륙십 리쯤 떨어진 싸움터에서는 여전히 쿵쿵 포성이 울리고 연기가 자욱했다. 샹 강은 발밑으로 띠처럼 구불구불 뻗어 있었다.

망원경으로 자세히 보니 제서우 나루터에 있던 중앙 종대와 군사위원회 종대는 대부분 건너왔고, 뒤에 얼마 안 되는 사람들이 흩어진 채 처져 있었다. 펑황쭈이와 타이핑太平태평 나루터도 역시 마찬가지였다. 저우언라이는 마음이 좀 놓였다. 하지만 뒤따라오던 5군단과 8군단이 건너왔는지는 아직 알 수 없었다. 거기까지 생각이 미치자 낯

빛이 금세 도로 어두워졌다. 강물 위로는 아직도 홍군 전사들의 시체
가 떠내려가고 있었다.

"저우 부주석 동지, 여기서 좀 쉴까요?"

호위병 싱궈가 물었다. 저우언라이는 대꾸도 없이 한쪽에 아무렇게
나 주저앉았다. 검은 신을 벗어 흙을 털려고 보니 신발 바닥이 다 닳
아서 구멍이 나 있었다. 다른 쪽도 마찬가지였다.

"발이 왜 딱딱한가 했더니……."

저우언라이가 웃으며 중얼거렸다.

"어휴, 저우 부주석 동지, 왜 진작 말씀하시지 않았습니까?"

싱궈가 나무랐다.

"며칠 동안 신을 못 벗고 잤으니 알 수가 없지."

"어이구, 제 잘못입니다."

싱궈가 얼른 말이 있는 곳으로 달려가더니 주머니에서 짚신을 꺼내 저우언라이에게 건넸다. 그리고 닳아 빠진 신을 멀리 산 아래로 던지며 말했다.

"국민당 놈들아. 옛다, 기념품이다!"

싱궈의 말이 끝나기가 무섭게 저우언라이와 호위병들이 모두 웃음을 터뜨렸다. 모처럼 경쾌한 웃음소리가 골짜기를 울렸다.

골짜기 아래는 크고 우중충한 숲이 우거져 있었다. 숲 어디선가 사람들이 다투는 소리가 들려왔다. 암만 들어 보아도 무슨 일로 다투는지 알 수가 없었다. 저우언라이는 몸을 일으켜 가까이 다가갔다. 작달막한 키에 도수 높은 안경을 쓴 중국 공산당 중앙국 총서기 보구가 얼굴이 벌게진 채 몹시 흥분한 얼굴로 서 있었다. 그 옆에는 한 부상병이 머리와 다리에 붕대를 칭칭 감고 들것에 누워 있었다. 그 부상병은 달아오른 얼굴로 끊임없이 손을 휘저으며 소리쳤다. 중앙 직속 기관 사람들과 행군을 하던 전사들이 더러 둘레에 모여 기웃대고 있었다.

"······우리를 어디로 끌고 가는 겁니까? 대답해 보십시오. 어디로 가는지는 알아야 갈 거 아닙니까."

"그런 무례한 질문에는 대답할 수 없습니다. 받아들일 수 없어요!"

보구도 화가 나서 소리쳤다. 얼굴에 땀이 나서 안경이 자꾸 아래로 내려오는 통에 부지런히 밀어 올려야 했다.

"아니, 왜 무례한 질문입니까?"

부상병이 팔을 휘두르며 말했다.

"당신은 총서기이고 저는 당원입니다. 저는 의견을 말할 권리가 있

습니다! 저뿐만 아니라 우리 모두 그렇습니다! 우리가 어떻게 싸웠는지 알고 있습니까? 중앙을 지키기 위해서라면 피를 흘리든 목숨을 바치든 다 좋습니다. 하지만 당신들이 늑장을 부리는 바람에 우리 연대가 깡그리 날아갔습니다. 우리 정치위원과 대대장들이 다 희생되었습니다. 천팔백 명이나 되던 우리 연대가 지금 오백 명도 남지 않았단 말입니다! 나, 난……."

부상병은 감정이 북받쳐서 말을 잇지 못했다. 그는 결국 눈물범벅이 되어 울음을 터뜨렸다.

보구는 그 앞에서 더 큰 소리로 말했다.

"그건 무슨 소리입니까? 당 중앙이 민주주의를 짓누르고 있다는 말입니까? 언제 의견을 내지 말라고 한 적이 있습니까?"

"의견이 있어도 감히 말할 수나 있었습니까?"

부상병이 되물었다. 그는 격분하여 말했다.

"좋습니다. 오늘 의견을 말하라니 하지요! 저는 1928년에 홍군에 들어와 다섯 차례 반反 '포위 토벌圍剿'에 모두 참가했습니다. 앞에 네 번은 잘 싸웠는데 왜 당신들이 오니까 이 꼴이 되었습니까? 근거지마

저 다 잃지 않았습니까?"

부상병의 말이 끝나기도 전에 보구는 싸움에 나선 수탉처럼 목을
쭉 빼 들고 눈을 부라리며 호통을 쳤다.

"이건 당 중앙을 의심하는 겁니다! 당의 노선에 반대하고 코민테른
에 반대하는 짓이란 말입니다! 오늘 동지가 다쳤기에 망정이지 이건
호된 비판을 받을 일이에요. 당장 동지한테 책임을 물었을 거란 말입
니다!"

저우언라이는 여기까지 듣고는 사람들을 헤치고 안으로 들어갔다.

그는 모인 사람들에게 손을 저으며 말했다.

"동지들, 어서 가세요. 어서! 뭐 구경거리라도 났습니까?"

사람들은 저우 부주석의 낯빛을 살피더니 흩어져 돌아갔다. 저우언라이는 부상병 곁으로 가서 조용하면서도 엄숙하게 말했다.

"우리 당에서는 누구나 의견을 말할 수 있습니다. 하지만 오늘처럼 흥분해서 총서기를 대하는 것은 옳지 않아요."

그러고는 말투를 누그러뜨리며 물었다.

"동지는 어디 소속입니까? 무슨 일을 맡고 있지요?"

"1군단에서 연대장을 맡고 있습니다."

"이름은 뭐지?"

"한둥팅 韓洞庭 한동정 입니다."

"음, 한둥팅?"

저우언라이는 문득 뭐가 생각난 듯 말했다.

"그럼 4차 반 포위 토벌 때 적군 사단장 천스지 陳時驥 진시기 를 사로잡은 부대가 동지네 연댑니까?"

"그렇습니다."

"동지는 전에 안위안 安源 안원 탄광에서 광부로 일했지요?"

한둥팅이 고개를 끄덕였다.

"그러면 입대한 지 정말 오래됐군요. 그런 사람이 이러면 더욱 안 되지."

저우언라이가 말을 이었다.

"동지가 말한 것은 모두 중대한 문젭니다. 중앙에서 잘 토론한 다음에 결정지을 수 있는 일이지요. 하지만 무슨 일이 있더라도 우리는 당이 하는 일과 공산주의 혁명에 대해 자신감을 가져야 합니다. 이번에 샹 강을 건너면서 우리는 그 어느 때보다 엄청난 대가를 치렀어요. 뼈 저린 교훈을 얻었지요. 하지만 건너왔으니 우리는 승리한 겁니다. 동 지네 연대가 손실이 크더라도 앞으로 메꿀 수 있겠지요. 가난한 사람 들이 살고 착취와 압박이 있는 곳이라면 어디든 우리 홍군에 들어오려 는 사람이 있기 마련이니까. 그렇지요?'

한둥팅은 저우언라이의 말에 마음이 풀려 고개를 끄덕였다. 치밀었 던 화가 반은 사라져 버렸다. 저우언라이는 한둥팅이 좀 누그러든 것 을 보고는 들것을 든 대원에게 말했다.

"어서 대오를 따라가세요. 연대장의 상처가 가볍지 않으니 길에서 조심해야겠습니다."

"고맙습니다. 저우 부주석 동지. 꼭 얼른 나아서 부대로 돌아오도록 하겠습니다."

한둥팅은 걸걸한 눈에 눈물을 매단 채 인사를 건넸다.

저우언라이가 부상병을 보내고 보구에게 다가갔다. 그는 여전히 화 를 삭이지 못했다. 저우언라이는 보구의 어깨를 붙들고 큰 나무 아래 에 가 앉으며 부드럽게 말했다.

"보구 동지. 샹 강을 건너면서 확실히 피해가 너무 컸어요. 그러니 동지들이 원망을 하기도 하고 말투가 거칠 수도 있는데 이해할 수 있 는 일 아닙니까? 동지도 너무 고깝게만 생각지 마세요."

저우언라이가 말을 채 맺기도 전에 보구는 또 수탉처럼 목을 빼 들 었다.

"이건 말투가 거칠고 말고 하는 문제가 아닙니다. 노선 문제란 말입

니다! 우리 당의 6기 4중전회6기 중국 공산당 중앙 위원회 제4차 전체 회의를 반
대하고 코민테른의 노선을 반대하는 것이에요!"

"동지, 그렇게 말해선 안 되지요!"

저우언라이는 보구를 매섭게 바라보았다.

"걸핏하면 당의 노선을 반대한다고 몰아붙이면 어느 당원이 감히
말을 꺼내겠습니까? 당원 모두가 자유롭게 의견을 내놓지 못한다면
이 당은 끝입니다. 문제가 있으면 화부터 낼 게 아니라 천천히 의논을

해야지요."

정중하지만 따끔한 충고였다.

"언라이 동지."

보구는 여러 사람의 존경을 받는 저우언라이 앞이라 애써 부드럽게 대꾸했다.

"오늘 일은 나 한 사람을 탓한 게 아닙니다. 우리가 소비에트 구역에 온 뒤로 일이 잘못돼서 소비에트 구역을 잃었다고 하지 않습니까. 이게 6기 4중전회 노선을 부정하는 게 아니고 뭡니까? 4중전회가 끝난 뒤로 나는 코민테른의 노선을 정확하게 집행했습니다. 그 성과는 누구도 부정할 수 없을 겁니다."

"이런 문제는 천천히 토론해도 됩니다. 게다가 얼마든지 풀 수 있는 문제 아닙니까?"

저우언라이가 조용히 말했다.

"아니, 어떻게 푼단 말입니까?"

보구가 눈을 부릅뜨며 되물었다.

"나는 당 내에 반反 코민테른 노선이 여전히 영향을 크게 미치고 있는 거라고 봅니다. 그자들이 지금까지도 활동하고 있는 거예요. 이게 다 마르크스─레닌주의 사상을 제대로 못 배운 그자들 때문입니다!"

그러자 저우언라이가 차갑게 웃었다. 하지만 보구는 저우언라이가 끼어들 틈도 없이 말을 이었다.

"동지는 한둥팅 한 사람만 그런 생각을 하는 것 같습니까? 아니요. 장시에서부터 사람들이 몰래 나누는 말을 많이 들어서 모르지 않습니다. 한데 오늘 샹 강을 건너면서는 많은 사람들이 나와 리더 동지를 드러내 놓고 욕하고 있었어요. 내 얼굴을 모르니까 걸어오는 내내 욕을 그친 적이 없단 말입니다! 아까 그 부상병도 그렇습니다. 나는 좋은 마음으로 그 부대 형편이며 이것저것 물었는데, 남들 앞에서 대놓고 그렇게 퍼부을 줄은 생각도 못 했어요."

그는 말을 할수록 열이 오르는지 얼굴이 새빨개졌다.

"모두 나를 이렇게 보는 데에야 내가 어찌 당을 이끌고, 일을 해 나가겠습니까? 오늘 수많은 사람들이 죽고 다치는 바람에 나도 괴롭고 고통스러워요. 언라이 동지, 나는 이제 당과 코민테른을 대할 면목이 없습니다."

보구의 얼굴이 일그러졌다. 그는 한 손으로 머리를 감싸 쥐더니 다른 손을 허리춤으로 가져가 권총을 쑥 뽑아 들었다.

"이러면 안 돼요. 흥분해서는 안 됩니다! 할 말이 있으면 천천히 하면 되지 않습니까."

다행히 저우언라이가 눈치 빠르게 권총을 빼앗아 쥐고는 말했다. 저우언라이가 권총을 호위병에게 건네는 사이, 보구는 맥없이 큰 나무에 기대 입을 다물었다. 보구가 좀처럼 진정되지 않자 저우언라이는 고개를 돌렸다.

"싱궈, 물통에 물이 있겠지?"

싱궈는 바로 물통을 건넸다. 저우언라이는 마개를 열어 보구의 손에 물통을 쥐여 주며 따뜻하게 말했다.

"물 좀 마셔요, 보구 동지. 얘기는 나중에 합시다. 우리는 어서 유자핑으로 가야 해요. 맨 뒤에 오던 부대가 강을 건넜는지 모르겠군."

물을 마시더니 보구는 정신이 좀 드는가 보았다. 저우언라이는 호

위병더러 보구를 부축해 말에 태우라고 하고서는 함께 길을 떠났다.
산골짜기는 고요하기만 했다. 구불구불한 오솔길 사이로 말굽 소리만
이 따가닥따가닥 울렸다.

　화약 연기가 자욱한 샹 강 다리 위로 들것 하나가 들까불며 건너왔
다. 적기가 폭격을 해 대는 통에 가다가 서기도 하고, 떼 지어 전진하
는 대오에 밀리기도 해서 들것은 갈수록 대오에서 뒤처졌다. 호위병

네 사람과 적십자 가방을 멘 젊은 의사가 들것 뒤를 바싹 따랐다.

들것에 실린 사람은 스물여덟아홉쯤 돼 보이는 젊은이였다. 파리한 얼굴에 두터운 근시 안경을 끼고 있었다. 낯빛이 꽤 평온했지만 사람들 앞이라 태연하고 조용한 모습을 보이려 애쓰는 것일 뿐, 자세히 보면 이를 앙다물고 아픔을 참고 있었다. 바로 중앙 혁명 군사 위원회 부주석이자 홍군 총정치부 주임 왕자상이었다.

지난 봄, 작은 절에서 회의를 하다가 적기의 공습을 받아 다쳤는데 상처가 꽤 깊었다. 파편이 창자를 뚫고 지나갔는데 그게 곪았다. 마취제 없이 꼬박 여덟 시간이나 수술을 받느라 얼굴이 콩알 같은 땀방울로 뒤덮였지만 앓는 소리 하나 내지 않았다. 파편을 다 못 긁어낸 데

다가 썩은 뼈도 자르지 못해서 상처에선 내내 고름이 흘러나왔다. 고무관을 끼워 넣어서 고름을 밖으로 빼내는 수밖에 없었다. 그런 몸으로 왕자샹은 장정 길에 올랐다. 그는 내내 대나무로 만든 들것에 누워 다녀야 했다.

왕자샹은 십 년 전, 그러니까 열아홉 살 나던 해에 공산당에 들어왔다. 그의 운명은 그때 보통 젊은이들이 겪은 것과 별로 다르지 않았다. 그는 우후蕪湖 무호에 있는 한 교회 중학교를 다녔는데, 중국 사람을 깔보는 외국인 교장이 눈꼴사나워 양코배기 교장을 쫓아내려다가 되레 자기가 쫓겨났다. 그 뒤 세 살 많은 여자한테 장가를 들었지만 그 혼인이 싫어서 상하이上海 상해로 도망쳤다.

거기서 국민당 원로인 위여우런于右任 우우임이 교장으로 있는 상하이 대학 부속 중학교에서 들어갔다. 그 학교는 이름난 공산당원 덩중샤鄧中夏 등중하가 살림을 꾸려 가고 있었다. 취추바이瞿秋白 구추백, 선옌빙沈雁氷 심안빙, 스푸량施復亮 시복량 같은 공산당원들도 이 학교에서 가르쳤다. 왕자샹은 그때부터 공산주의자가 되어 공산주의 청년단에 들어갔다.

1925년 10월, 왕자샹은 추천을 받아 모스크바 중산 대학에 가서 공부했다. 총명하고 배우기를 좋아하는 데다가 영어를 좀 알고 있어서 러시아 말도 빨리 배웠다. 두 해가 채 지나지 않아 우등생으로 학교를 졸업한 뒤, 소련에서 마르크스─레닌주의 간부를 키워 내는 최고학부인 홍색 교수 학원에 들어갔다. 시험이 워낙 어려워 동창들 가운데 장원톈張聞天 장문천, 선쩌민沈澤民 심택민 같은 몇몇 사람들만 그와 나란히 여기서 공부했다.

왕자샹은 1930년 공부를 마치고 돌아와 상하이에서 중국 공산당 중앙 선전부 간사로 일했다. 1931년 1월, 6기 4중전회가 열리고, 코민테른 동아시아부東方部 부장 미푸米夫 미부─파벨 알렉산드로비치 미프 Pavel Aleksandrovich Mif의 지지를 받아 왕밍王明 왕명이 권력을 잡았다. 왕밍은 '백 퍼센트 볼셰비키' 노선을 실현하기 위해 전국 소비에트 구역에 전권 대표를 보냈다. 왕자샹도 전권 대표를 맡아 런비스任弼時 임필시와 함께 목사로 꾸미고 여러 곳을 에돌아 중앙 소비에트 구역에 들어갔다.

얼마 뒤 그는 중앙 소비에트 구역 중앙 정치국 위원, 중앙 혁명 군사 위원회 부주석과 홍군 총정치부 주임을 맡았다. 하지만 뜻밖에도 왕자샹은 마오쩌둥毛澤東 모택동과 손잡고 일한 뒤로 손발이 척척 맞았다. 그는 늘 마오쩌둥이 하는 일을 감탄하며 따랐다. 그래서 때로 일이 복잡해질 때도 있었다.

들것은 대오를 따라 울창한 소나무 숲으로 들어갔다. 사람들은 비행기를 피할 수 있게 되자 마음을 놓았다. 왕자샹도 눈을 지그시 감고 쉴 수 있었다.

그런데 앞서 가는 대오에서 몇 사람이 수군거리는 소리가 들려왔다. 낮고 조용한 목소리지만 꽤 또렷했다. 장시 사투리를 쓰는 사람이 말했다.

"왕 참모장 동지, 지금 도대체 어디로 가는 겁니까?"

"2·6군단과 합류한다지 않나?"

푸젠福建 복건 사투리가 대꾸했다.

"2·6군단은 대체 어디 있답니까?"

"그걸 누가 알겠나?"

"어휴."

장시 사투리가 한숨을 쉬었다.

"4차 반 포위 토벌 때까지는 정말 멋지게 맞서 싸웠지요. 한 번에 몇 개 사단을 무찌르고 수천 명이나 사로잡지 않았습니까. 사단장도 여러 놈 잡았구요. 그런데 5차 반 포위 토벌 때는 소비에트 구역마저 잃었으니 망했어요, 망했어. 우리가 왜 이 지경이 된 겁니까?"

"그거야, 이게 다 그 '양옥 선생'들이 해 놓은 일 아니겠나."

장시 사투리가 말을 이었다.

"그 모스크바 '양옥 선생'에다 상하이 '양옥 선생'까지 하면……."

그러더니 장시 사투리는 크게 웃음을 터뜨렸다.

"거기다 '나 홀로 집'도 있잖아!"

푸젠 사투리도 따라서 웃어 댔다.

"요사이 '나 홀로 집'은 자주 만나세요?"

장시 사투리가 웃음을 거두고 물었다.

"그럼. 그런데 마주치기가 무서워."

"에이, 코가 좀 높다뿐이지 뭐가 무섭습니까?"

"어이구, 그 노란 고양이 눈을 부릅뜨면 얼마나 무서운데!"

"그럼 멀찍이 다니세요."

"그게 마음대로 되나. 사흘이 멀다 하고 불러다가 욕을 하는데 정말 시중들기 힘들어. 호위병도 키 크고 잘생겨야지, 말도 가장 흰칠해야지, 게다가 말을 세숫비누로 씻겨 줘야 해. 기껏 말을 준비해 놓으면 머리부터 꼬리까지 쓱 문질러 보고는 먼지가 조금만 있어도 욕을 퍼붓는다고. 나도 한번은 지독하게 욕을 먹었지."

"아니, 왜요?"

"내가 말을 타고 어느 수장네 집에 편지를 나르게 되었는데 말이야. '나 홀로 집'이 집 앞에 서 있다가 멀리 지나가는 나더러 오라더니만 '자네, 홍군의 규율을 모르나?' 하고 마구 욕을 퍼붓잖아. 무슨 일인 가 했더니 자기네 집 문 앞을 지나면서 내가 말에서 안 내렸다고 그러 는 거야."

"소문을 듣자니까 '나 홀로 집'이 하루에 닭 한 마리씩 먹는다면서 요?"

"닭뿐인가? 커피도 마셔야지."

"담배도 골초라던데……."

"두말하면 잔소리지. 메이리美麗 미려표 궐련을 하루에 한 통씩 해 치우거든. 저 앞에 그 사람 짐만 한 짐 메고 가는 전사가 보이잖나."

"이건 해도 너무 하네! 마오 주석이나 저우 부주석, 주 총사령관은 모두 대나무 그릇에다가 자기 몫만 덜어 먹지 더 먹는 일이 없지 않습니까. 다들 호박이나 두부 반찬에 국물 좀 떠서 후딱 먹으면 그만이지요. 그런데 '나 홀로 집'은 왜 그 모양이랍니까? 총서기는 또 왜 곁에서 말 한마디 없습니까!"

장시 사투리의 목소리가 점점 높아졌다.

"참, 자네도 바랄 걸 바라게. 총서기는 '나 홀로 집' 말이라면 뭐든 고분고분이라고."

"흥, 그렇지만 않으면 우리가 이 지경은 아닐 텐데."

말은 여기서 끊어졌다. 조금 지나 장시 사투리가 또 물었다.

"마오 주석은 요새 어떻게 지내세요?"

"글쎄, 통 못 봐서 말이야. 출발하기 전에는 산에 살고 있었다고 하던데."

"지금은요?"

"사람들 말이 중앙 종대를 따라갔는데 몸이 아주 말이 아니라고 하더군. 지금쯤 건너왔는지 모르겠네."

"참, 전에……."

그러더니 서로 더 말할 재미가 없었던지 곧 이야기가 끊겼다. 들것은 숲 속을 나왔다. 길은 또 행군하는 사람들로 물결을 이루었고 부연

먼지가 이리저리 흩날렸다.

　왕자샹은 고개를 돌려 아까 이야기를 나누던 두 사람을 보았다. 오랫동안 본부에서 참모장으로 일해 온 왕주王柱 왕주와 얼마 전 아래에서 옮겨 온 어린 참모 샤오밍肖明 초명이었다. 두 참모가 오늘처럼 거리낌 없이 당 중앙의 일을 삐딱한 태도로 말하는 건 평소 같으면 불려가 조사나 주의를 받을 일이지만, 들어 보면 틀린 말이 별로 없으니 딱히 나무랄 일도 아니었다. 왕자샹은 두 사람을 힐끗 보고는 다시 머리를 돌려 누웠다.

솔직히 말해 왕자샹은 두 참모가 나누던 이야기를 들으며 마음이 퍽 켕겼다. '양옥 선생'이란 말에는 자신도 들어 있는 것이 분명했다. 심지어 뒤에서는 왕자샹이 왕밍, 보구, 장원톈과 함께 '백 퍼센트 볼셰비키' 노선의 '사대금강'이라며 쑥덕거렸다. 왕자샹은 장정을 떠나오기 전 중앙 소비에트 구역에서 열린 회의를 떠올렸다.

　1931년 11월 칸난贛南 감남-장시 남부 회의에서 마오쩌둥은 '부농 노선', '기다림', '우경'과 '좁은 경험론'이라고 비판을 받았다. 하지만 당 중앙에서는 되레 '우경 기회주의'를 '좁은 경험론'으로 비판한 것은 너무 무른 것 아니냐며 나무랐다.

　1932년 10월 초에 열린 닝두寧都 영도 회의에서는 시작부터 마오쩌둥을 거세게 비판했다. 비판은 꼬리에 꼬리를 물고 쏟아졌다. 왕자샹은 그 비판이 몹시 거북했다. 소비에트 구역에 들어와서 두 해 남짓 함께 일을 하며 보니 마오쩌둥은 두루 아는 것이 많은 데다가 중국 사회를 훤히 꿰뚫고 있었다. 게다가 전략이 뛰어나, 세 차례나 적의 포위 토벌을 물리치고 크게 승리했다. 그래서 왕자샹은 나중에 마오쩌둥을 군사 일에서 물러나게 할지 말지를 토론할 때 마오쩌둥을 군대에서 내보내는 것에 반대했다. 왕자샹은 그나마 그 일이 얼마쯤 위로가 되었다.

　두 원칙이 극단으로 맞설 때 중재할 틈을 찾기란 참 어렵다. 더구나 당 중앙이 '진공 노선'을 관철시키라며 내려 보낸 '볼셰비키'가 '우경 기회주의자'와 타협한다는 것은 말도 안 되는 일이었다. 왕자샹은 권력을 잡고 있는 모스크바 시절 동창들과 사이가 멀어질 수밖에 없었다.

　1933년 초, 임시 중앙 정부가 장시 소비에트 구역에 들어왔다. 한 번은 보구와 한가하게 이야기를 나누는데, 불쾌한 일이 생겼다. 그때 마오쩌둥은 군사 일에서 물러나 시간이 많았다. 그래서 뭔가 깊이 연구를 하거나 마음을 모아 책을 읽곤 했다. 보구는 마르크스Karl Marx와 레닌Vladimir Ilich Lenin이 쓴 책을 꽤 많이 가지고 있었는데, 때마침 그날 마오쩌둥이 책을 빌리러 오자 보구는 예의 바르게 몇 권 내주었다. 하지만 마오쩌둥이 책을 안고 나가자 비웃듯이 말했다.

　"마오쩌둥도 마르크스, 레닌을 읽는군."

　왕자샹은 그 말이 귀에 거슬렸다.

"마오쩌둥이 외국어는 모르지만 마르크스나 레닌 책을 꽤 읽었어요. 내용도 잘 파악하고 있고. 고서를 읽고 이해하는 걸로 치자면 우리 중에 으뜸이지."

그러자 보구가 오만하게 웃으며 말했다.

"산골에서 어찌 마르크스─레닌주의가 나올 수 있겠나!"

"그래도 진짜 싸움에서는 마오쩌둥이 전문가지."

왕자샹이 또 반박했다. 보구는 왕자샹이 마오쩌둥 칭찬을 아끼지 않자 속이 알알했다.

"싸움을 알긴 뭘 안다고 그러나? 나무 아래서 토끼를 기다리는 격이지. 당의 진공 노선에는 전혀 걸맞지 않아요."

왕자샹도 가만있지 않았다.

"이길 수 있으면 싸우고 이길 수 없으면 물러선다. 강한 적은 피하고 약한 적을 치며 적극적으로 기회를 만들어 적을 무찌른다. 그런 전술을 두고 어찌 나무 아래서 토끼를 기다린다고 할 수 있나?"

두 사람은 이렇게 옥신각신하다가 기분이 나빠 헤어졌다.

마오쩌둥은 군사 일을 그만두게 되자 루이진^{瑞金 서금}의 가오비나오^{高鼻瑙 고비노}라는 작은 산에서 살았다. 절에 들어 지내는 생활은 쓸쓸했다. 가끔 마오쩌둥을 믿고 따르는 사람들이 몰래 와서 이야기를 나누기는 했지만 자리에서 밀려난 사람을 찾는 이는 드물었다. 왕자샹

도 가끔 산에 올랐다. 눈앞에 닥친 전투 상황과 싸우는 방법을 의논하다 보면 서로 생각이 같을 때가 많아서 두 사람은 점점 더 가까워졌다. 정세 이야기가 나오면 마오쩌둥은 언제나 손을 내저으며 말하곤 했다.

"방법이 없어요. 우리는 소수니까."

정세는 갈수록 험해졌다. 마오쩌둥을 조여 오는 당 중앙의 압력도 줄어들 기미가 보이지 않았다. 1934년 1월, 홍군은 국민당군의 제5차 포위 토벌에 맞서 조금도 물러서지 않고 치열하게 싸웠지만 궁지에 몰리고 말았다. 당 중앙은 6기 5중전회6기 중국 공산당 중앙 위원회 제5차 전체 회의를 소집했다. 회의에서는 제5차 반 포위 토벌은 '중국 혁명이 완전히 승리를 거두는 투쟁' 이라고 하면서 승리를 위협하는 우경 기회주의를 반대하며 우경 기회주의와 타협해서는 안 된다고 결정했다.

이 회의에서 장원톈은 인민 위원회 주석으로 임명되었다. 그때 마오쩌둥은 중화 소비에트 공화국 주석을 맡고 있었는데, 군사 직위를 해임한 데 이어 정부 직위도 빼앗을 셈이었다. 왕자샹도 그 회의에 들어갔다. 그날 그는 열이 올라 머리가 어지러운 나머지 이 엄청난 압력을 견디지 못하고 손을 들었다. 그 뒤 왕자샹은 몹시 후회하며 자신을

거듭 나무랐다.

살다 보면 이런저런 감정들은 조금씩 이지러지기 마련이지만 또 어떤 일은 오랫동안 남아 마음을 짓누른다. 정직한 사람에게는 때로 평생 잊을 수 없는 일도 있기 마련이었다. 오늘 참모 둘이 나눈 이야기가 또다시 왕자샹의 양심을 건드렸다.

"어이쿠!"

들것에서 날카로운 소리가 들려왔다. 대포를 지고 가던 노새가 들것을 밀치면서 하마터면 엎어질 뻔한 것이다. 들것을 든 대원들은 휘청거리다가 겨우 몸을 가누었다.

"아니 눈이 뒷등에 붙었나?"

들것 대원들은 포병들을 보며 사납게 욕을 퍼부었다. 젊은 의사와 호위병들이 달려와 따졌다.

"우리 수장이 다치면 당신들이 책임질 수 있습니까?"

"됐습니다. 일부러 그런 것이 아니지 않습니까!"

들것은 길가에 비켜서서 포병들이 지나가기를 기다렸다가 길을 떠났다.

들것은 길에서 몇 번 쉬고 나서야 쌴첸제 산 어귀에 닿았다. 서쪽으로는 자줏빛 구름이 아득하게 깔려 있었다. 마치 바다처럼 펼쳐진 산발 끝에 핏빛 해가 뉘엿뉘엿 저물었다.

"좀 쉽시다. 모두들 수고 많았어요."

왕자샹이 들것을 세우고는 몸을 일으켜 좀 움직여 보았다. 그러더니 곧 늘씬한 몸을 쭉 펴고 망원경으로 동쪽을 살폈다. 제서우 부교 쪽에는 한 사람도 보이지 않았다. 분위기가 자못 삼엄해 보였다. 부대가 이미 다 건너왔는지 이제는 샹 강을 막고 있는 듯했다. 북쪽에 있는 소나무 숲에서는 총소리와 포성이 점점 뜸해지고 있었다. 서쪽 큰 산 쪽으로 옮겨 가는 것인지 북쪽에서 서쪽으로 가는 길은 어디나 홍군들로 꽉 차서 발 디딜 틈도 없어 보였다. 여러 날 힘든 싸움을 한 1군단이었다. 구불구불한 샹 강 위로는 아직도 시체와 둥근 삿갓, 서류들이 이따금 떠내려오고 있었다.

그때 어디선가 비행기가 나타났다. 사람들은 다급히 이리저리 숨어들었다.

그런데 몇 사람이 그다지 서두르는 기색도 없이 저 아래 산길을 걸어 올라오고 있었다. 뒤에는 부루말 한 필이 따랐다. 맨 앞에 선 껑다리는 아무 일도 없는 듯 유연하게 걸음을 옮겼다. 왕자샹의 소년 호위병 딩丁 정이 안달이 나서 소리쳤다.

"거기 누굽니까? 비행기가 오니 조심하세요!"

앞에서 걷던 껑다리는 걸음을 멈추고 고개를 쳐들더니 비행기를 바라보았다. 비행기가 빙 돌아가자 그는 또다시 여유롭게 걸음을 옮겼다. 호위병 딩이 또 손나팔을 만드는데 젊은 의사가 막아섰다.

"잠깐. 저기 마오 주석 아닙니까?"

왕자샹이 망원경을 들고 내려다보았다. 등이 구부정한 걸 보니 앞에서 걷는 껑다리는 마오쩌둥이 틀림없었다. 왕자샹은 불편한 몸으로 몇 걸음 내려가 그를 맞았다.

마오쩌둥은 호되게 앓고 난 사람처럼 얼굴이 누리끼리하고 광대뼈가 툭 튀어나온 것이 몹시 수척해 보였다. 온몸에 먼지를 잔뜩 뒤집어썼는데, 머리가 길어서 팔각 모자 아래로 흘러내렸고 어깨에는 우산을 메고 있었다. 왕자샹은 마오쩌둥의 손을 잡으며 말했다.

"마오 주석, 몸이 말이 아니군요!"

"뭐, 잠이 부족해서 그렇지."

마오쩌둥이 빙그레 웃었다.

"자샹, 상처는 좀 어때요?"

"더 나빠지진 않았습니다."

왕자샹은 산 어귀에 있는 들것 대원들을 흘낏 바라보았다.

"저 사람들이 고생이지요."

왕자샹은 마오쩌둥을 잡아끌고 큰 나무 아래에 앉히며 말했다.

"아, 오늘 이렇게 희생이 클 줄은 생각도 못했어요."

마오쩌둥은 고개를 숙이고 잠시 생각에 빠졌다.

"하는 수 없었겠지……."

"이렇게 싸우면 된다고 생각합니까?"

마오쩌둥이 웃으며 말했다.

"이런 걸 두고 '비렁뱅이가 개를 치듯 걸으면서 친다.'는 겁니다."

"이대로 계속 간다면 어떻게 될 것 같습니까?"

마오쩌둥은 흠칫 놀라 고개를 들고 왕자샹을 보더니 더 말이 없었다. 왕자샹은 총명한 눈길로 마오쩌둥을 힐끗 보고는 말을 이었다.

"지금은 리더가 혼자서 권력을 휘두르고 보구는 고분고분 따를 뿐이지요. 두 사람을 이대로 둘 수는 없지 않겠습니까."

마오쩌둥의 눈이 잠깐 빛났지만 한동안 말이 없었다. 그는 천천히 입을 열었다.

"할 수 있겠습니까?"

왕자샹은 생각이 있다는 듯 말했다.

"나는 지금 우리가 겪은 일을 냉정하게 평가하자고 제의할 생각입니다."

"그러는 것이 좋겠지."

마오쩌둥은 왕자샹의 손을 굳게 잡으며 말했다.

"아마 서로 연락을 주고받으면서 손발을 맞춰야 할 거예요."

두 사람은 몸을 일으켰다. 어쩐지 아까와 달리 거뜬했다.

마오쩌둥은 왕자상을 들것에 태워 보내고 다시 말에 올랐다.

해는 이미 서산에 떨어지고 산길은 땅거미 속에 묻혔다. 마오쩌둥은 뚜벅뚜벅 울리는 말굽 소리를 들으며 지난 일을 떠올렸다.

장시 닝두에 있는 한 사당이 생각났다. 그때도 지금처럼 땅거미가 낮게 드리워져 있었다. 마오쩌둥이 거센 비판을 받고 군사 직위에서 해임되었을 때, 마오쩌둥이 군대에서 나가는 것을 반대한 이가 세 사람 있었다. 한 사람은 홍군 총사령관 주더였다. 하루 종일 누구를 보

나 허허 웃기만 하던 사람이 중요한 때에 이처럼 고집이 셀 줄이야. 그는 입을 꼭 다물고 부리부리한 눈을 방 한구석에 꽂은 채 큰 산처럼 끄덕하지 않았다. 다른 사람은 저우언라이였다. 그는 마오쩌둥이 부대에 남아서 계속 전투를 지휘해야 한다고 주장했다. 나머지 한 사람이 바로 이 젊고 여윈 총정치부 주임 왕자샹이었다. 그때 마오쩌둥은 세 사람의 마음이 얼마나 고마웠는지 모른다. 그 일은 평생 잊을 수 없을 것 같았다. 그런데 오늘, 다시 한 번 이 젊은 손이 자신을 밀어 주고 있다는 것을 느낄 수 있었다. 그의 얼굴에는 오랫동안 사라졌던 진짜 웃음이 떠올랐다.

저우언라이와 보구 일행은 해 질 무렵에야 유자핑에 이르렀다. 유자핑은 자그마한 산골 마을이었다. 일이백 가구 남짓 사는 동네라 작은 거리 하나밖에 없었다. 거리에는 죄 낡고 오래된 판잣집뿐이고 가게라고는 여남은 개가 다였다. 마을 남쪽에 작지 않은 강이 흐르고 있었는데 그 강이 바로 쯔수이資水 자수였다. 그리고 북으로 수십 리 떨어진 곳에 쯔수이 강이 시작되는 쯔위안資源 자원이 있었다.

일행은 금세 크고 널찍한 건물에 자리를 튼 본부에 이르렀다.

가난한 사람들 집은 작아서 지도를 걸 수 없었다. 그래서 홍군은 지주가 살던 집에 본부를 두었다. 문 앞에는 언제나 거미줄 같은 전화선이 늘어져 있고 밤이면 램프가 내걸렸다. 한밤중에 편지를 가져오는 통신원들이 쉽게 찾을 수 있게 하기 위해서였다.

강가에 있는 저택 앞은, 나무에 걸어 놓은 램프가 훤히 어둠을 밝히고 있었다. 저우언라이와 보구가 문에 들어서자 안에서 욕설과 다투는 소리가 들려왔다. 리더가 집 안에 있는 높은 층계 위에 다리를 쩍

벌리고 서 있었다. 그는 노란 눈을 부릅뜨고 러시아 말로 소리를 버럭 버럭 질러 댔다. 층계 아래로 너덜너덜 해진 데다 핏자국이 얼럭덜럭한 군복을 입은 8군단의 젊은 사단장이 보였다. 그 곁으로 평복을 입은 여성이 고개를 숙이고 서 있었다. 총참모부 작전국장과 참모들 몇 사람도 둘레에 있었다. 젊은 사단장은 반듯하게 서 있기는 해도 얼굴에 불만스러운 빛이 가득했다.

키가 큰 리더는 저우언라이와 보구가 들어오는 것을 보고는 곧장

층계를 내려와 성큼성큼 걸어오면서 선수를 쳤다.

"적을 앞에 두고 도망을 치다니, 사단장이 이게 무슨 꼴입니까? 규율도 따르지 않으면서 어찌 제대로 싸울 수 있겠습니까?"

리더는 독일어, 영어와 러시아 어는 잘했지만, 중국말은 몰랐다. 리더가 러시아 말로 소리치면 곁에 서 있던 통역관이 중국말로 옮겼다. 통역을 하면서 많이 누그러지기는 했지만 리더가 앞뒤 가리지 않고 내뱉는 소리라는 것을 누구나 알 수 있었다. 사단장은 얼마나 화가 나고

억울했던지 얼굴이 빨갛게 달아올라 대거리를 했다.

"이것은 모욕입니다!"

그는 리더를 보고 소리를 높였다. 그러더니 얼굴을 저우언라이한테
로 돌렸다.

"우리 사단은 이삼천 명쯤 되었는데 싸움을 하고 나니 수백 명밖에
남지 않았습니다. 제가 그 전사들을 이끌고 왔는데 이걸 두고 어찌 도
망쳤다고 할 수 있단 말입니까?"

"동지가 그래 내가 정한 시간까지 진지를 지켜 냈단 말입니까?"

"그럼 적들이 뒤에서 공격해 오는데 어떻게 해야 합니까!"

두 사람은 또 옥신각신하기 시작했다. 저우언라이는 냉정한 얼굴로 작전국장 쉐펑薛楓 설풍을 돌아보며 물었다.

"무전기는 다 설치했습니까?"

"네. 지도도 걸어 놨습니다."

쉐펑이 시원스레 대답했다.

"어서 샹 강 동쪽 기슭 상황을 알아보세요."

"네. 통신원이 작업을 시작하고 있습니다."

저우언라이는 고개를 끄덕이고는 그 사단장을 보며 말했다.

"주빙朱兵 주병, 도대체 어찌 된 일입니까?"

"저우 부주석 동지."

주빙이 예의 바르게 말했다.

"잘 아시겠지만 우리 8군단은 출발하기 직전에 꾸린 대오라서 제대로 훈련을 받은 적도 없고 전투 경험도 부족합니다. 그러니 어떻게 이번 전투를 이겨 낼 수 있었겠습니까? 제가 이 사단으로 옮겨 와 일하면서 이 문제를 제기한 적이 있지요."

저우언라이는 황푸黃埔 황포 군관 학교 시절부터 주빙을 알고 지냈다. 주빙은 난창南昌 남창 봉기에 참가했다가 봉기가 실패하자 주더를 따라 징강 산井崗山 정강산에 올랐다. 얼마 전까지 그는 1군단의 연대장이었는데, 여러 전투에서 용감하게 공을 세워 8군단을 만들 때 사단장으로 보냈던 것이다. 사실 주빙은 8군단으로 가고 싶어 하지 않았다. 지금 새 부대를 만드느니, 새로 들어온 병사들을 주력 부대에 편입시키는 게 낫다는 의견을 냈다가 보구와 리더가 반대해 부결된 적이 있었다.

　'다른 사람도 아니고 주빙이 싸움터에서 도망치다니, 말이 안 되는 일이지.'

　저우언라이는 알 만하다는 듯 웃으며 말했다.

　"지금 동지네 8군단 상황이 어때요?"

　"모두 흩어졌습니다."

　주빙이 한숨을 내쉬며 말했다.

　"우리 정치위원과 제 호위병도 총에 맞아 죽었지요. …… 제가 강을 건너오자마자 리더 고문을 만나서 정황을 보고했더니, 다 듣지도 않고 저를 여기로 데리고 와서는 처벌하겠다고 저렇게 야단입니다."

리더는 주빙이 말할 때마다 통역관에게 무슨 말인지 어서 통역하라고 눈짓을 했다. 통역관이 민감한 이야기는 얼마쯤 누그러뜨려 전달했지만 리더는 그래도 야단이었다. 리더는 곁에 선 여성을 가리키며 말했다.

"당의 허락이 없이는 지방에 있는 여성 동지를 부대에 데리고 올 수 없다는 규정이 있어요. 하지만 당신은 군인이면서 부대를 잃어버리고도 아내는 데리고 오지 않았습니까! 그래 이 규정을 당신은 모른단 말입니까?"

"분명히 말씀드리지만 아내는 제가 데리고 오지 않았습니다!"

주빙이 벌겋게 달아오른 얼굴로 소리쳤다. 평복을 입은 여성은 겁에 질려 고개를 숙이고 있다가 일이 커지자 용기를 내 리더를 똑바로 쳐다보며 말했다.

"남편이 부대에 있어서 저도 오고 싶었습니다. 하지만 제 마음대로 온 건 아니에요. 저는 현縣 소비에트의 비준을 받고 위두于都 우도에 있는 일꾼들을 데리고 왔습니다. 그런데 이 일에 당신의 비준까지 받아야 한단 말인가요?"

그러자 참모 한 사람이 슬쩍 끼어들었다.

"맞습니다. 저희가 알아보았는데, 리슈주李秀竹 이수죽 동지는 확실히

위두 현 소비에트의 비준을 받고 뒤쫓아 왔습니다."

리더는 곁에서 리슈주 편을 들자 더욱 부아가 치밀어서 그 참모를 사납게 흘겨보았다. 그러더니 주빙에게 삿대질하며 말했다.

"이번이 어디 처음입니까? 동지는 규정을 따르려는 생각이 전혀 없어요. 한결같은 유격주의란 말입니다. 게다가 동지네 부대는 규율이 아주 어수선합니다. 그 부대 통신원이 내가 묵고 있는 집을 지날 때 말에서 내리지도 않고 그냥 가는 걸 내 눈으로 여러 번 보았어요. 이게 어디 제대로 된 부댑니까? 나는 코민테른이 보내 여기에 와서 일을 하는 사람입니다. 이런 일을 그냥 지나칠 수 없어요."

여기까지 말하더니 그는 치미는 분을 이기지 못하고 참모들에게 소리쳤다.

"저 사람을 꼭 군사 재판에 넘겨야겠습니다. 어서 묶도록 해요!"

참모들은 서로 쳐다만 볼 뿐 손을 쓰지 않고 저우언라이의 눈치를 살폈다. 보구는 남의 일처럼 말없이 거닐고만 있었다. 저우언라이는 단호히 손을 저으며 말했다.

"잠깐! 총정치부에서 먼저 조사해 봐야겠습니다."

그러고는 보구와 리더를 보면서 말했다.

"지금은 상황을 제대로 알아보는 것이 중요합니다. 이 일은 내가 처리하도록 하겠습니다."

"난 좀 쉬어야겠어요!"

리더는 화난 얼굴로 내뱉더니 껑충한 다리를 성큼성큼 옮겨 뜰을 나갔다.

"나도 너무 피곤합니다."

보구도 말했다.

"그럼 가서 쉬도록 하세요."

저우언라이가 손짓을 했다. 그러고 나더니 쉐펑과 함께 층계를 올라가 문 앞에서 고개를 돌리고 말했다.

"주빙, 오늘 일은 내가 똑똑히 밝혀낼 테니 먼저 돌아가세요. 부대원이 몇 백 명밖에 남지 않았더라도 잘 거느려야 합니다."

"네. 잘 알겠습니다. 저우언라이 동지."

주빙이 씩씩하게 대답했다. 어두워서 얼굴은 보이지 않았지만 마음
이 많이 풀린 것 같았다. 저우언라이는 여성 동지를 보며 부드럽게 말
했다.

"리슈주 동지, 이번 행군은 장거리 행군이라 여성 동지들을 적게 데
리고 가려고 했어요. 동지가 이렇게 왔으니 휴양 중대에 가서 정치 전
사로 일하는 게 어떻겠습니까?"

"네. 좋습니다."

방 안에는 등불이 환하고 벽에는 지도가 걸려 있었다. 저우언라이
는 쉐펑이 준비해 놓은 것이 퍽 만족스러웠다.

쉐핑은 허난河南 하남에서 태어났는데, 역시 황푸 군관 학교를 나왔다. 젊고 잘생긴 데다가 총명하고 재주가 뛰어난 젊은이였다. 류보청劉伯承 유백승이 리더에게 밀려 나간 뒤 총참모부 일을 그가 대부분 맡아서 하고 있었다.

"어서 샹 강 동쪽 기슭 상황을 말해 보세요."

저우언라이는 대나무 침대에 앉으며 말했다.

"부대가 모두 건너왔습니까?"

"저우 부주석 동지, 동지는 아직 밥도 먹지 않았습니다."

"괜찮아요."

저우언라이는 싱궈를 불렀다.

"도시락에 밥이 좀 남아 있겠지? 물을 좀 끓여 말아 줘요."

그러고는 곧장 쉐핑에게 눈길을 돌렸다.

쉐핑은 낯빛이 금세 어두워졌다. 그는 지도 위에 푸른 댕기처럼 선명한 샹 강을 가리키며 힘겹게 말했다.

"건너오기는 했지만 피해가 너무 큽니다. 8군단은 거의 다 사라진 거나 다름없습니다."

"아직 얼마나 남아 있지?"

"8군단의 보고를 보면 전투 부대는 겨우 육백 명밖에 남지 않았답니다. 직속 기관은 사정이 좀 나을 텐데, 문제는 부대원들이 믿음을 잃어버린 것입니다. 조직이 어수선하고 끼리끼리 모여서 제멋대로 밥을 짓고 잠을 자는데 말이 아니랍니다."

"다른 부대는?"

"5군단의 34사단이 추격 부대한테 포위되어 강을 건너오지 못했습

니다."

　저우언라이는 속이 따끔거렸다. 본디 가장 걱정스러웠던 것이 34사단이었다. 이 사단은 마지막까지 엄호를 책임져야 하는 부대였다.

　"연락은 되었습니까?"

　"반나절이나 무전으로 불렀지만 대답이 없었습니다. 그러다가 그쪽에서 연락이 왔는데, 적에게 포위되어 도저히 몸을 뺄 수가 없답니다. 지금 추격해 오는 저우훈위안周渾元 주혼원 종대가 원스文市 문시에 이르렀는데, 34사단은 아직도 신위新圩 신우 동쪽에 있다고 합니다."

저우언라이는 급히 지도 앞으로 다가가서 신위와 홍수자오^{紅樹脚 홍} 수각 동쪽에 있는 산간 지대를 뚫어지게 보았다.

키 작고 야무진 후난 사람 천수샹^{陳樹湘 진수상}이 떠올랐다. 국민당 군대에서 넘어온 사람인데 용맹하게 잘 싸워서 올해 34사단 사단장이 되었다. 어쩔 수 없는 때가 아니고서는 그가 이런 무전을 칠 리가 없었다.

저우언라이는 마음이 무거워 지도를 보며 중얼거렸다.

"몸을 뺄 수 없다. 몸을 뺄 수 없다. 만약 오늘 밤에도 몸을 빼지 못한다면…… 내일 적들이 제서우를 점령하면 어떻게 건너온단 말인가!"

그는 몸을 돌려 쉐펑에게 물었다.

"지금 연락할 수는 없습니까?"

"또 끊어졌습니다."

"계속 불러 보세요!"

싱궈가 따뜻한 밥을 들고 들어왔다. 조금 전이라면 이 밥이 모자랐을 테지만 34사단 소식을 듣고는 목에 뭐가 걸린 것처럼 도무지 삼킬 수가 없었다. 저우언라이는 마지못해 몇 술 뜨고는 그릇을 한쪽에 내려놓고 물을 마셨다.

자정이 지나자 문밖에서 말굽 소리가 어지럽게 울리더니 총사령관이 돌아왔다는 소리가 들렸다. 저우언라이는 외투를 걸치고 층계로 나갔다. 대문 앞 나무에 걸어 놓은 램프 불빛 사이로 주더가 걸어 들어왔다.

"총사령관, 오늘 정말 고생하셨습니다."

저우언라이는 층계를 내려가 주더를 집 안으로 들였다. 주더가 입고 있는 군복 윗옷과 바지에 핏자국이 언뜻 보였다. 저우언라이가 놀라서 물었다.

"다쳤습니까?"

"아니. 탄알은 어느 때고 내 몸을 뚫지 못할 거요."

주더가 허허 웃었다. 소나무 숲에서 피투성이가 돼서 꼼짝 못 하는 소년병을 만났는데 그 아이를 안아서 말에 태우느라 피가 묻었다고 호위병이 말해 주었다.

"총사령관, 우리가 당신을 본받아야겠습니다. 하지만 쉰을 넘겼으니 몸을 조심하십시오."

주더는 대나무 침대에 앉아서 슬며시 웃으며 반박했다.

　"언라이, 내 입당을 주선한 사람이 어찌 내 나이도 모르고 있습니까? 쉰이 되려면 아직도 일 년이나 남았어요! 그리고 자랑은 아니지만 나는 어려서부터 노동으로 뼈가 굵은 사람이에요."

　저우언라이는 웃으며 호위병들에게 총사령관 밥을 차리라고 말했다.

　"1군단 쪽은 지금 형편이 어떻습니까?"

그는 다시 주더 쪽으로 고개를 돌리며 물었다.

"우리는 당 중앙을 끝까지 엄호한 영웅들에게 고마워해야 합니다. 소나무 숲에 육박전이 벌어졌는데 우리도 적들도 사상자가 많았어요. 연대 하나는 통째로 놈들에게 겹겹이 둘러싸였는데 기적같이 뚫고 나왔지요."

저우언라이는 고개를 끄덕이며 물었다.

"모두 빠져나왔습니까?"

"그래요. 뒤따르는 부대더러 바이사푸白沙鋪 백사포를 단단히 막으라고 했습니다. 그리고 맨 끝에 오는 부대가 안전하게 움직일 수 있도록 3군단에게 제서우를 꼭 손에 넣으라고 했어요."

그러더니 주더는 지도에서 샹 강 동쪽 기슭을 가리키며 물었다.

"다들 샹 강을 잘 건너왔습니까?"

저우언라이는 정황을 간추려 들려주었다. 주더는 34사단이 아직 신위 동쪽에 포위되어 있다는 말을 듣더니 얼굴에서 웃음기가 싹 가셨다.

"총사령관, 어쩌면 좋겠습니까?"

주더는 한참 망설이다가 고개를 쳐들었다.

"34사단더러 포위를 뚫고 나오라고 하는 수밖에 없겠지."

"노선은요?"

주더는 지도 앞에 다가서서 한참 생각을 하더니 말했다.

"훙수자오와 신위 사이가 가장 좋을 것 같아요. 적이 예상 못 한 틈을 타서 진지를 돌파하고 제서우 북쪽 나루터로 강을 건너면 좋겠지요."

"그러자면 제서우 일대를 계속 우리가 손에 넣고 있어야 합니다. 하지만 적들이 내일 제서우를 점령할 가능성이 아주 높아요."

"그래요. 어려운 일이긴 하지."

주더가 고개를 끄덕이며 대답했다.

"또 다른 방법은 포위를 뚫은 뒤에 싱안 남쪽으로 강을 건넌 다음 돌아서 주력 부대를 따라오는 겁니다."

"그 노선은 아마 힘들 것 같습니다."

쉐펑이 한마디 했다.

"저희들이 아까 인민들한테 물어보았는데 싱안 남쪽 길은 그런 대로 걸어갈 수 있지만 서쪽으로 가는 길은 좁답니다. 그리고 서쪽으로 난 구이린 강桂林河 계림하은 걸어서 건널 수 없으니 어려움이 크다고 해야겠지요."

세 사람은 모두 침묵에 잠긴 채 마음을 졸였다.

"됐습니다. 34사단과 연락이 닿았습니다."

밖에서 다급한 발자국 소리가 들리더니 기밀과장이 달려 들어왔다.

"정말입니까?"

저우언라이와 주더가 동시에 소리쳤다.

"그렇습니다."

기밀과장이 전보를 건넸다. 저우언라이의 얼굴이 금방 찌푸러 들었다. 그는 전보를 주더에게 주었다.

정황이 위험하니 지시를 바람.

전보문은 어찌나 짧던지 머리와 꼬리를 빼면 열두 글자였다. 아래에는 천수샹과 사단 정치위원의 이름이 적혀 있었다.

방 안 공기는 다시 무거워졌다. 저우언라이와 주더는 모두 할 말을 찾지 못했다. '지시'를 하기는 쉬워도 몇 겹으로 에워싸고 있는 적들의 포위망을 뚫고 샹 강을 건너기란 얼마나 어려운 일인지를 잘 알고 있었다.

"수장 동지, 어서 결정을 내리십시오. 곧 연락이 안 될 수도 있습니다."

기밀과장이 재촉했다. 주더가 몸을 일으키더니 방 안을 서성거리다가 뚝 멈춰 서며 말했다.

"34사단더러 내가 1927년에 걸었던 길을 걸으라고 할 수밖에 없어요."

"유격전을 한단 말입니까?"

"그렇지."

저우언라이가 좀 생각하고 나서 말했다.

"포위를 뚫고 펑황쭈이 일대에서 강을 건너는 게 좋겠지만 그게 어렵다면 싱안 남쪽 산간 지대에서 야오 족瑤族 요족 인민을 모아 유격전을 할 수밖에 없겠어요."

　　주더는 고개를 끄덕였다. 저우언라이는 가방에서 나뭇가지를 달아
맨 몽당연필을 꺼내 전보문을 썼다. 다 쓰고 나더니 몇 번 살핀 다음
주더에게 건네며 말했다.

　　"총사령관이 서명해 주셔야 합니다."

　　"좋아요. 이대로 보내세요."

　　주더는 서명을 한 뒤 쉐펑에게 넘겼다.

　쉐펑과 기밀과장이 전보문을 가지고 나가자 저우언라이는 이를 악물고 얼굴을 쓸어내렸다. 앞으로 천수샹과 34사단 전사들 앞에 어떤 위험이 도사리고 있을지 너무 잘 알고 있기 때문이었다.

　피로 물든 샹 강 위로 홍군 전사들의 시체와 온갖 서류, 둥근 삿갓이 어지럽게 뒤엉켜 떠내려가는 모습이 또 저우언라이의 머리에 떠올랐다.

2장 남으로 머리를 돌려라

샹 강을 건너며 죽거나 흩어진 사람들이 너무 많았다. 1방면군은
좀 쉬면서 정돈을 하고, 후난 서부로 전진해 2·6군단과 합류하기로
결정했다. 하지만 구이린에 있는 샤웨이夏威 하위 부대가 12월 2일에
제서우 일대를 점령하고 3일에 쯔위안까지 밀고 들어와 홍군 뒤를 바
싹 따라붙었다. 찬저우의 류젠쉬劉建緖 유건서 부대도 꼬리를 물고 따라
왔다. 무엇보다 심각한 것은 장제스가 서둘러 후난에 있는 군대를 보
내 신닝新寧 신녕, 우강武崗 무강, 청부城步 성보 일대를 점령하고 홍군이

가려는 길을 꽉 막아 버린 것이다.

　이제 한 가지 선택만이 남았다. 홍군은 남으로 머리를 돌려 룽성龍
勝 용승으로 가는 수밖에 없었다.

　유자핑과 룽성 사이에는 라오산제老山界 노산계라고 하는 높은 산이
있었다. 해발 이천 미터나 되는 데다가 산세가 몹시 험했다. 저우언라
이, 주더, 왕자샹은 라오산제를 넘어가기로 결정했다. 떠나기 전 서둘

러 부대를 재편성하고 샹 강 전투를 교훈 삼아 짐을 간편하게 꾸렸다. 부대마다 가지고 가기 힘든 물건들은 아까워도 모두 버리기로 했다. 소비에트 화폐도 다 불태웠다. 마을 어귀와 산기슭에는 어디나 잿더미가 눈에 띄었다.

라오산제는 장시를 떠난 뒤로 가장 넘기 힘든 산이었다. 산이 높고 길이 험했다. 게다가 길이 끊어진 곳도 적지 않았다. 하루 만에 산을 넘을 수는 없었다.

홍군 전사들은 벼랑 아래에 있는 구불구불한 오솔길에서 잠을 자야 했다. 라오산제에서 가장 험하다는 레이궁옌雷公岩 뇌공암 아래에는 벼랑에서 떨어져 죽은 노새가 수두룩했다.

산을 넘지 못한 병사들도 많았다. 다치거나 병에 걸려 대오에서 처진 병사들이었다. 아픈 사람은 어쩔 수 없이 민가로 흩어지거나 험한 숲 속에 남았다.

이 전쟁의 계급성은 너무 분명했다. 지주들은 사정을 두지 않았다. 숨어 있는 홍군을 보면 붙잡아 관가에 보내거나, 속여서 집에 데려와 밥을 먹는 틈을 타 죽여 버리고 총을 빼앗았다.

하지만 가난한 농민, 대장장이, 목수 들은 몰래 집에다 홍군을 숨겨 주거나 산굴에 숨겨 놓고 밥을 날라 주고 상처를 치료해 준 다음 돌려보냈다.

홍군은 라오산제를 넘어 룽성 현에 들어섰다. 이곳은 먀오 족苗族 묘족, 야오 족과 둥 족侗族 둥족이 모두 인적이 드문 산골짜기에 흩어져 가난하게 살고 있었다. 본디 민족이 달라 다툼이 잦은 데다가 요사이는 국민당 간첩들이 헛소문을 퍼뜨려서 주민들이 대부분 산으로 피하는 바람에 홍군은 처지가 더 말이 아니었다.

그런가 하면 뜻밖의 일이 벌어지기도 했다. 희한하게도 홍군이 들어가기만 하면 그 마을에서 불이 났다. 어떤 날은 하룻밤에 주둔지 네 곳에서 동시에 불이 나기도 했다.

룽핑龍坪 용평이라는 좀 큰 마을에서는 한밤중에 갑자기 저우언라이의 숙소가 불길에 휩싸였다. 다행히 호위병이 눈치가 빨라 큰일이 닥치진 않았다.

샅샅이 조사를 해 불 지른 사람을 잡았는데 국민당 간첩들이 홍군에게 덤터기를 씌우려고 저지른 짓이었다.

저우언라이는 이날 길 가까이에 있는 둥 족 마을에 머물렀다. 그곳은 나무로 지은 작은 층집들이 많았다. 하지만 주민들이 몽땅 도망가는 바람에 거리는 텅 비었고, 쌀을 찧을 맷돌과 돌절구마저 찾을 수 없었다. 지주의 집에 가서 벼를 가져왔지만 껍질을 벗길 수 없으니 '그림의 떡'이었다. 부대의 사기가 떨어지는 것은 당연했다. 간부와 전사들은 긴 행군에 지쳐서 배급받은 벼를 곁에 놔둔 채 눕자마자 곯아떨어졌다. 총정치위원 저우언라이가 이런 형편을 보고 곧장 간부회의를 열었다.

"맷돌이 없으면 돌로, 기와로 비벼서라도 밥을 해 먹어야지 우리 홍군이 이만한 일에 사기가 꺾여서는 안 됩니다."

저우언라이는 회의가 끝나자 정말 기와 두 장을 가져다 둥 족의 작은 층집에 앉아서 벼를 비비기 시작했다. 소년 호위병 싱궈가 놀라서 물었다.

"저우 부주석 동지도 벼를 비비세요?"

"누구나 제 몫이 있는데 난들 별 수 있나."

"에이, 부주석 동지 몫은 우리가 맡겠습니다."

"그건 안 될 말이지."

저우언라이가 웃으며 말했다.

"이건 내가 내놓은 방법인데 내가 이 일에서 쏙 빠져서야 되겠나!"

말은 이렇게 했지만 저우언라이는 정신이 온통 다른 곳에 팔려 있었다.

'이제 어디로 가야 하고 어디에 새로운 근거지를 세워야 하나.'

'이 두렵고 당혹스러운 상황을 어떻게 뚫고 나가야 하나.'

  샹 강을 건넌 뒤 지도부가 여러 번 이 문제를 놓고 의견을 나눴지만
생각을 모을 수 없었다. 리더와 보구는 여전히 후난 서부로 가 2·6
군단과 합류해야 한다고 했고, 다른 사람들은 적들이 이미 수십만 군
대를 후난에 집결시켰으니 원래 계획대로 한다면 빠져나올 수 없는 그
물에 제 발로 들어가는 것이라고 했다. 누구도 앞으로 홍군이 어떻게
하는 것이 좋을지 확실한 대안을 내놓지 못했다. 이제 어떻게 해야 하
는가 하는 문제는 홍군 전체의 목숨이 걸린 큰일이었다.

  벼를 비비면서 생각을 거듭하고 있자니 저우언라이는 속이 갑갑해
졌다. 한데 갑자기 머리가 밝아지며 두 해 전 일이 떠올랐다.

1932년 가을, 임시 중앙 정부는 마오쩌둥을 밀어내기로 결정했다. 마오쩌둥의 군사 권력을 빼앗으려 한 것이다.

그즈음 홍군이 난청南城 남성을 공격해 와 마오쩌둥과 저우언라이, 주더, 왕자샹이 모두 전선에 나가 있었다. 그런데 그 성이 어찌나 견고한지 다들 아무리 공략해도 헛일이라고 여겼다. 하지만 후방에 있던 볼셰비키들은 기어코 난청을 쳐야 한다면서 마오쩌둥더러 전방에서 물러나라고 목소리를 높였다.

중앙에서는 저우언라이를 그 자리에 앉힐 셈이었지만 저우언라이는 그럴 생각이 없었다. 중앙에서 거듭 재촉하자 저우언라이는 두 가지 방안을 내놓았다.

하나는 마오쩌둥이 군사를 이끌고 저우언라이가 옆에서 돕는 것이고 다른 하나는 저우언라이가 군사를 지휘하고 마오쩌둥이 돕는 방안이었다. 두 가지 모두 마오쩌둥을 전방에 남기려는 것이었다. 저우언라이가 마음을 다해 이렇게 저렇게 애를 썼지만 결국 마오쩌둥은 군사 직위에서 쫓겨났다. 마오쩌둥은 마음속에서 일어나는 격동을 억누르며 아무렇지 않은 듯 사람들과 악수를 나누고는 회의장을 떠났다.

"좋습니다. 동지들, 앞으로 이 마오쩌둥이 필요하면 언제든지 불러 주십시오. 꼭 올 겁니다."

저우언라이는 마오쩌둥의 손을 잡은 채 이 짤막한 인사를 듣던 일을 잊을 수 없었다. 그때 그는 사당을 나서는 마오쩌둥을 안타깝게 바라보아야 했다. 저우언라이는 그 말을 거듭 되새기면서 생각했다.

'마오쩌둥이 와야 할 때가 언제란 말인가? 홍군이 곤경에 빠진 지금이 바로 그때가 아닌가.'

그는 기와를 벼 더미에 던지면서 소리쳤다.

"말을 준비하세요!"

"어디로 가시게요?"

"붉은 휘장 종대로 갑시다."

대춧빛 말이 집 앞에 와 섰다. 저우언라이는 곧장 말에 오르더니 중앙 종대로 달려갔다. 호위병 두 사람도 말을 타고 뒤를 따랐다. 저우언라이가 고삐를 채자 말은 더 빨리 내달리기 시작했다. 말굽 소리가 경쾌하게 골짜기를 울렸다.

마오쩌둥은 몇 리 떨어진 둥 족 살림집에 묵고 있었다. 비록 얼굴은 헬쑥했지만 마음은 샹 강을 건널 때보다 홀가분했다. 마오쩌둥은 아침에 일어나자마자 호위병을 불렀다.

"선沈 심 호위병, 요사이 돌아온 인민들은 없나?"

"몇 사람씩 돌아오고 있습니다."

선이 대답했다.

"그럼 가서 닭을 좀 사 오세요. 대접을 해야겠어."

"누가 오나요?"

"아니, 동지들을 좀 먹이려고."

"우리요?"

호위병들이 웃으며 말했다.

"에이, 저희를 왜 대접합니까?"

"생각해 봐요. 우리가 장시를 떠난 지도 벌써 한 달이나 됐는데."

마오쩌둥이 손을 꼽으며 말했다.

"날마다 걷기만 하니까 깡말라서 다들 말이 아니잖나. 그리고 우리가 샹 강을 얼마나 어렵게 건넜어요. 축하할 일이지."

마오쩌둥은 모처럼 활짝 웃었다. 서너 해만에 처음인 것 같았다.

1931년 11월 칸난 회의부터 마오쩌둥의 시련은 시작되었다. 이 회의는 중앙 대표단이 주최했는데, 마오쩌둥을 '좁은 경험론'에 갇혀 '부농 노선'을 주장하는 '지독하고 한결같은 우경 기회주의'자라고 비판하며 사실상 그를 소비에트 구역 중앙국 서기 대리 자리에서 나앉혔다. 마오쩌둥으로서는 불만이 있을 수밖에 없었다. 마오쩌둥뿐만 아니라 소비에트 구역에 있던 많은 간부들은 이해할 수 없는 일이라며 술렁거렸다.

적의 세 차례 '포위 토벌'을 짓부수는 전투에 모두 나서 수많은 적군을 무찔렀고, 소비에트 구역을 더욱 튼튼히 하고 넓혀 난징南京 남경 정권과 중국 사회에 큰 파장을 던졌다. 세상에 이런 우경 기회주의도 있단 말인가? 하지만 중앙 대표단이 자리를 틀고 앉아서 하는 일이니 불만이 있더라도 소용이 없었다. 얼마 뒤, 마오쩌둥은 루이진 동부에서 이삼십 리 떨어진 둥화 산東華山 동화산으로 병을 돌보러 떠났다.

둥화 산에는 버려진 절이 하나 있었다. 마오쩌둥은 허쯔전賀子珍 하자진과 호위병을 데리고 옛 절에서 살았다. 그는 매일 이런저런 책을 들춰 보고 서류나 뒤지면서 쓸쓸하고 적막하게 지냈다. 절은 어둡고 습해 바닥에 이끼가 많이 자랐다. 허쯔전은 마오쩌둥이 다른 병을 또 얻을까 봐 호위병과 함께 철로 된 서류 상자를 가져다 뜰에 책상처럼 놓았다. 그리고 낡은 널빤지를 구해다가 의자로 삼았다. 마오쩌둥은 거기 앉으면 반나절을 일어날 줄 몰랐다.

너무 적적할 때면 말을 타고 읊조리던 시 원고를 꺼내 허쯔전에게 읽어 주곤 했다. 겉으로야 지금 처지가 대수롭지 않은 듯했지만, 마음은 늘 산 아래에 가 있었다. 간저우贛州 감주를 치는 전투가 한창 벌어지고 있을 때는 더 안절부절못했다.

그는 이 싸움을 찬성하지 않았다. 이 전술은 적의 중심 도시를 빼앗으려는 모험이었다. 하지만 마오쩌둥은 막을 수 없었다. 결국 홍군은 한 달을 싸워도 간저우를 빼앗지 못한 채 적의 증원 부대가 밀려오자

칠 수도, 달아날 수도 없이 달리는 범에 올라탄 격이 되고 말았다. 사상자만 숱하게 났다. 이때 샹잉頊英 항영이 도와 달라며 산으로 찾아왔다. 굳이 가지 않아도 되는 싸움이었지만 마오쩌둥은 시원하게 그러마 했다. 떠나려는데 검은 구름이 무겁게 드리우더니 광풍이 몰아치면서 폭풍우가 닥칠 조짐이 보였다. 허쯔전은 비가 지나가면 가라고 말렸다. 마오쩌둥이 말했다.

"사람 목숨이 걸린 문젠데 어찌 머뭇거리겠나?"

그러자 허쯔전이 걱정스레 볼멘소리를 했다.

"병이 금방 나을 것 같았는데 비를 맞으면 더할 거예요."

"걱정 말아요. 나는 싸움터에만 가면 병이 나으니까!"

마오쩌둥은 웃으며 대꾸를 하고는 말에 올라 산 아래로 내려갔다.

산을 채 내려가기도 전에 비가 억수같이 퍼부었다.

전선에 이르러 전장 상황을 알아보고는 마오쩌둥은 간저우를 포위하고 있던 홍군을 철수시킨 뒤 쉬면서 부대를 정비했다. 그리고 곧 적의 허점을 잡고는 군대를 이끌고 동쪽 푸젠 서부로 진격했다. 마오쩌둥은 상항上杭 상항, 룽옌龍岩 용암, 장저우漳州 장주를 차례로 쳤다. 그런데 그 일로 '간저우를 공격하라는 중앙의 노선을 따르지 않았다.'는 죄를 뒤집어쓰고 말았다.

1932년 10월에 열린 닝두 회의에서 마오쩌둥은 더 큰 타격을 받았다. '적을 깊이 끌어들이는' 마오쩌둥의 전략을 두고 '적을 기다리는' 우경 착오라고 호되게 비판한 것이다. 닝두 회의가 끝나자 마오쩌둥은 군대에서 완전히 밀려나 정부 일을 보는 자리로 옮겨 가게 되었다. 곧이어 홍군 1방면군 총정치위원 자리에서도 쫓겨났다. 마오쩌둥은 집으로 돌아와 말 한마디 없이 줄담배만 피워 댔다. 허쯔전이 여러 번 물어서야 그는 겨우 입을 열었다.

"그 사람들이 날 군대에서 쫓아냈어요."

마오쩌둥은 갈수록 몸이 축났다. 두 볼이 우묵하게 들어가고 반짝이던 두 눈도 폭 꺼졌다. 마오쩌둥은 아이를 낳으러 가는 허쯔전을 따라 장팅長汀 장정으로 갔다. 그는 허쯔전 곁에 앉아서 종일 말이 없었다. 아이가 태어나자 이름을 마오마오毛毛 모모라고 지었다. 부부는 아이가 쑥쑥 자라는 모습을 보며 위로를 받았다.

마오쩌둥은 허쯔전과 함께 장팅 강으로 나가 강가를 거닐기도 했다. 때로는 혼자 지는 해를 바라보며 퉁소를 불었다. 그러다 보면 울적한 마음을 조금은 달랠 수 있었다. 그는 이따금 퉁소를 놓고 길게 한숨을 쉬며 말했다.

"그 '백 프로 볼셰비키' 동지들은 언제쯤 깨달을 수 있을까? 오래 굶은 사람처럼 첫술에 배부르기를 바라다간 배 터져 죽을 수도 있는데 말이야."

1933년 1월, 중국 공산당 임시 중앙 정부 정치국이 상하이에서 더 배겨 내지 못하고 장시 소비에트 구역으로 옮겨 왔다. 그러더니 '반反 우경'의 줄을 더 팽팽하게 당겨 2월부터 '뤄밍羅明 나명 노선'을 비판하기 시작했다. 사람들은 이것이 마오쩌둥을 겨냥한 것임을 뻔히 알고 있었다.

마오쩌둥과 가까운 사람들은 곧장 타격을 입었다. 뤄밍과 덩샤오핑 鄧小平 등소평, 마오쩌탄毛澤潭 모택담, 셰웨이쥔謝唯俊 사유준, 구바이古柏 고 백 같은 이들은 둘째 치고 허쯔전의 비서까지 접수원으로 밀려나 기밀 문서를 더는 만질 수 없게 되었다. 곧 허쯔전의 여동생 허이賀怡 하이와 부모에게도 뒤탈이 미쳤다. 허쯔전의 부모는 글을 새기고 등사를 하는 일을 맡아 했는데, 마오쩌둥과 허쯔전이 마오마오를 데리고 루이진에 온 뒤부터 그것마저 못 하게 된 것이다. 전에는 문턱이 닳도록 손님과 친구들이 찾아와 이야기꽃을 피웠지만 지금은 감히 찾는 이가 없었다. 마오쩌둥은 남들에게 불똥이 튈까 봐 진종일, 심지어 며칠을 다른 사람과 말도 나누지 않았다. 몹시 적막하고 마음 아픈 시간이었다.

항상 사람을 좋아하고 가까이하던 마오쩌둥이라 이런 생활이 더 견디기 힘들었다. 일을 할 수 없다는 것만큼 고통스러운 일은 없구나 싶었다. 마오쩌둥은 앞에서 일을 못하게 하면 뒤에서 일을 하면 되지, 하고 자신을 위로했다.

몸이 좀 가뿐해지자 그는 우산과 램프를 챙겨 말을 타고 나섰다. 반
년 가까이 그는 산 넘고 물 건너 소비에트 구역에 있는 크고 작은 도
시와 마을, 거리와 농촌을 돌아다니며 그들의 형편을 조사하고 연구
하는 일에 몰두했다. 사람들을 만나 이야기를 나누면서 혁명의 법칙
을 탐구하고 경험을 쌓았다. 그의 이름난 글들, 이를테면 '경제를 돌
보는 일에 반드시 관심을 갖자! 必須注意經濟工作', '농촌 계급을 어떻게
분석할까? 怎樣分析農村階級', '군중 생활에 관심을 갖고 공작 방법에 주
의를 두자! 關心群衆生活 注意工作方法' 같은 것은 바로 이때 쓴 글이었다.

1933년 9월, 장제스는 5차 포위 토벌을 시작했다. 전에 없이 규모
가 큰 작전이었다. 그런데 모스크바 유학파가 홍군을 이끈 뒤로 소비

에트 구역은 점점 줄어들었고 전투 상황은 빠르게 나빠졌다. 마오쩌 둥은 걱정이 컸다.

누가 무엇을 얻고 잃는지, 어떤 노선이 옳고 그른지 하는 것은 큰 걱정거리가 아니었다. 오직 어떻게 해야 국민당 정권의 5차 포위 토벌에 맞서 소비에트 구역을 지키고 홍군이 살아남을 수 있는가 하는 것에만 마음이 쓰였다. 누구도 그의 의견을 들으려 하지 않았다. 게다가 어떤 회의에는 낄 수도 없었다.

11월 중순, 푸젠 사변이 일어났다. 마오쩌둥은 지금이 홍군이 전세를 뒤집을 수 있는 가장 좋은 기회라는 걸 예민하게 알아차렸다. 그는 지도를 펼쳐 놓고 국민당군과 홍군, 여러 군벌 세력들의 형편을 진지하게 연구했다. 푸젠에 있는 차이팅카이蔡廷鍇 채정개 부대에 대한 정보도 모았다. 깊이 생각한 끝에 마오쩌둥은 중앙에 편지를 보내 두 가지를 건의했다. 하나는 차이팅카이와 손잡고 함께 장제스의 공격에 맞서자는 것이고 다른 하나는 부대를 거느리고 저장 성浙江省 절강성을 중심으로 한 장쑤江蘇 강소·저장·안후이安徽 안휘 지역으로 가서 적의 둥지를 위협하면서 바깥에서 이번 포위 토벌을 막아 내자는 것이었다.

하지만 편지는 바다에 던진 돌이 되고 말았다. 마오쩌둥이 더 기다리지 못하고 당 중앙으로 직접 찾아가 얘기해 보았지만 소용이 없었다. 마오쩌둥은 또다시 몸져누웠다. 홍군 근거지가 줄어드는 만큼 말라리아는 더 심해지더니 며칠을 열이 오르락내리락했다. 한번 열이 오르기 시작하면 인사불성이 되곤 했다.

마오쩌둥은 홍군이 싱궈興國 홍국를 잃었다는 소식을 듣고는 크게 충격을 받았다. 허쯔전은 어느 날 저녁 마오쩌둥의 방에 들렀다가 몹시 놀랐다. 책상에 큰 군용 지도가 펼쳐져 있고 마오쩌둥이 외투를 걸친 채 지도에 푹 파묻혀 연필을 쥐고 뭔가를 그리고 있었다. 방 안이 어두운 탓인지 코끝이 지도에 닿을 지경이었다. 허쯔전이 달려가 마오쩌둥을 부축해 침대에 누이면서, 몸도 아픈 사람이 이러면 안 된다고 나무랐다. 그러자 마오쩌둥은 "그래도 무슨 방법이 없을까 생각하는 중이야. 무슨 방법이……." 하고 중얼거렸다.

마오쩌둥은 아픈 몸을 이끌고 장정 길에 올랐다. 속에는 숱한 아픔과 불만, 온갖 감정들이 억눌려 똬리를 틀고 있었지만 비관하지 않았다. 불행 끝에 낙이 오고 비 온 뒤에 땅이 굳어진다고, 잘못된 노선이 스스로를 바로잡을 수는 없겠지만 아무 때건 극단으로 치닫게 되면, 다시 말해 살이 찢기고 피가 터지게 되면 그 노선을 바꿀 수 있는 다른 힘이 생겨나겠지 여겼다.

마오쩌둥은 말없이 돌아가는 형편을 살폈다. 정세를 보자면 드디어 전환기가 하루하루 다가오고 있는 듯했다. 샹 강 싸움은 말할 것도 없이 큰 비극이었다. 하지만 그 싸움에는 새로운 국면을 여는 눈부신 씨앗이 자라고 있었다.

호위병은 싱글벙글해서는 은전 한 닢을 들고 닭을 사러 나갔다. 이윽고 그는 닭 세 마리를 사다가 털을 뽑고 삶기 시작했다.

마오쩌둥은 방을 서성거리다가 혼잣말처럼 중얼거렸다.

"보아하니 때가 됐어. 음……, 때가 됐지."

호위병들이 눈을 깜빡이며 물었다.

"금방 삶기 시작했는데 벌써 되다니요. 아직 멀었습니다."

"아니야. 멀지 않았어요. 금방 될 겁니다."

"우리 주석 동지는 오랫동안 좋은 음식을 못 드셔서 엄청 출출하신
가 봐!"

호위병들이 입을 오므리고 가만히 웃었다.

좀 지나자 아래에서 호위병이 외치는 소리가 들려왔다.

"저우 부주석 동지가 오셨습니다."

"뭐, 누가 왔다고?"

마오쩌둥이 아래층을 기웃거리며 물었다.

"저우 부주석 동지가 오셨습니다."

저우언라이는 벌써 층계를 올라오고 있었다. 마오쩌둥이 웃으면서 저우언라이의 손을 잡고 말했다.

"언라이, 어쩌다 시간이 났습니까?"

"마오 주석, 당신한테 계책을 들으러 왔지요."

마오쩌둥은 여전히 중화 소비에트 공화국 주석이지만 군사 직위에서 물러난 뒤로는 그렇게 부르는 사람이 적었다. 보구 같은 이들

은 '마오 동지' 라고 불렀다. 하지만 저우언라이는 달랐다. 마오쩌
둥이 군사 일을 볼 때나 세력을 잃은 뒤나, 여전히 '마오 주석' 이라
불렀다.

"마침 잘 왔어요. 얘기는 천천히 하고 우리 코밑 치성이나 합시다!"

마오쩌둥은 이렇게 말하며 저우언라이를 화로 곁에 끌어 앉혔다.

"정말 먹을 복은 타고 났군. 마침 닭을 삶고 있었거든."

두 사람이 화로 곁에 앉자 호위병이 장작을 넣었다.

불길이 활활 타오르며 방 안에 온기가 퍼졌다. 두 사람은 몸과 마음

이 모두 따뜻해졌다.

"이번 샹 강 전투에서 우리가 입은 손실이 너무 큽니다. 마음이 아파요."

저우언라이가 말했다.

"피해가 얼마나 되지?"

마오쩌둥이 물었다.

"아마 반은 넘겠지요. 8군단과 9군단에 신병이 많은데 그마저 반나마 흩어졌고……."

"34사단에선 소식이 왔습니까?"

"날마다 무전으로 불러 보는데 연락이 닿지 않아요."

저우언라이가 무겁게 한숨을 쉬고 나서 속삭이듯 말했다.

"장시를 떠날 때는 팔만 육천팔백 명쯤 됐는데 지금은 겨우 삼만 명 남짓 남았습니다."

마오쩌둥은 놀랐지만 드러내지 않았다.

"그래도 건너왔다는 건 아주 큰 승리라고 봐요."

그 말에 저우언라이는 마음이 따뜻해졌다.

"지금 가장 중요한 건 어디로 갈 것인가 방향을 잡는 겁니다. 처음 계획은 런비스와 허룽賀龍 하룡, 샤오커肖克 초극가 이끄는 부대와 합류하는 거였어요. 그런데 지금은 장제스가 후난 서부에 수십만 군대를 모아 놓고 우리를 기다리고 있습니다. 게다가 류젠쉬, 쉐웨薛岳 설악, 저우훈위안, 리윈제李云杰 이운걸가 이끄는 열여섯 개 사단이 이미 청부, 쑤이닝綏寧 수녕, 홍장洪江 홍강, 첸양黔陽 검양, 징 현靖縣 정현 일대에 사격 진지를 만들어 놓고 우리를 막을 궁리를 하고 있어요. 형편이 이런데 도대체 어쩌면 좋겠습니까? 어제 한밤중까지 고민해 봤지만 답이 나오지 않아요."

마오쩌둥은 담배를 한 대 피워 물더니 깊숙이 빨아들이고는 웃으면서 말했다.

"나도 생각을 좀 해 봤는데……, 나는 갈 필요가 없다고 생각해요."

"후난 쪽으로 갈 필요가 없다는 말이겠지?"

"그렇지."

마오쩌둥이 고개를 끄덕이며 말했다.

"원래 계획은 포기해야 해요, 정황이 변했으니까. 만약 그 계획을 고집한다면 우리 홍군을 호랑이 아가리에 들이미는 격이지. 샹 강 싸움보다 더 위험할 거야. 그래도 샹 강에서 싸울 때는 적들이 병력을 갑자기 끌어모은 데다가 자기들끼리도 마음이 맞지 않아서 우리한테 틈이 있었지요."

저우언라이는 두 눈을 반짝이며 고개를 끄덕였다.

"그럼 우리는 도대체 어디로 가야 한단 말입니까?"

"구이저우貴州 귀주로 가야 합니다. 거기가 적의 힘이 가장 약한 곳

같아 보이거든."

마오쩌둥은 상황을 진작 파악하고, 대책까지 생각해 둔 것이 분명했다. 저우언라이는 한참 생각해 보고는 몸을 일으키며 말했다.

"좋습니다. 돌아가서 동지들하고 의논해 보겠습니다."

그러자 마오쩌둥이 웃으며 막아섰다.

"이러면 안 되지. 회포도 못 풀었는데."

그는 고개를 돌려 호위병을 불렀다.

"선 호위병, 이젠 익었겠지?"

호위병이 솥을 열자 흰 김이 무럭무럭 나면서 구수한 냄새가 코를 찔렀다. 그는 젓가락을 이리저리 찔러 보고는 소리쳤다.

"다 익었습니다. 푹 익었어요!"

"그럼 저우 부주석의 호위병도 불러오지."

마오쩌둥이 주인답게 이것저것 챙겼다. 닭을 건져 내고, 조심스레 군용 물통에 남아 있던 술을 따랐다. 사람들은 마오쩌둥의 작은 층집에 모여 오랜만에 홀가분하게 웃고 마시며 시간 가는 줄 몰랐다. 장시를 떠난 뒤 처음 있는 일이었다.

홍군은 룽성 현을 떠나 북쪽으로 행진했다.

이 일대는 산이 깊고 숲이 우거졌다. 아스라이 높은 벼랑 위로는 대나무 숲이 울창했고, 숲 속에는 나무로 만든 층집이 어우러져 있었다. 집 둘레에는 바나나 나무가 빼곡했다. 완벽한 남국의 경치였다.

홍군이 규율을 잘지키며 지낸 덕분에 산으로 몸을 숨긴 둥 족들이 너도나도 집으로 돌아왔다. 길을 나서면 머리에 수건을 두르고 짐을 지고 오가는 아낙들을 자주 볼 수 있었다. 무거운 짐을 메고도 가볍게 걷는 모습이 물 흐르듯 자연스러웠다. 정찰 비행기가 끊임없이 날아도 머리 위로 우거진 나무들이 가려 주었다. 홍군 전사들에게는 모든 것이 낯설고 신기한 풍경이었다.

부대는 이제 광시를 지나 후난 변방으로 가는 통로인 솽장 진雙江鎭쌍강진에 이르렀다. 솽장 진 남쪽에는 꼭 복숭아처럼 생긴 산이 하나 있고, 두 줄기 맑은 강이 만나는 곳에 아름다운 마을이 자리 잡고 있었다. 그리고 독특한 품격을 갖춘 다리 하나가 강을 가로지르며 놓여 있었다. 이 다리는 북방의 그 어떤 다리와도 다르게 생겼는데, 마치 긴

복도가 강을 가로지르는 것 같았다. 둥 쪽 처녀 총각이 만나는 곳이라
했다.

쑹장 진에 있는 옛 절에서 고위 지도자들이 긴급회의를 열었다. 여
전히 홍군이 어디로 가야 하는지가 고민거리였다. 이번에는 마오쩌둥
도 정치국 위원 자격으로 참석했다.

많은 사람들이 이제는 후난 서부로 가서 2·6군단과 합류할 필요가
없다는 마오쩌둥의 의견에 동의했다. 하지만 보구와 리더는 원래 계

획대로 해야 한다고 고집했다. 리더는 마오쩌둥이 발언을 시작하자 이마를 찡그리더니 말을 다 끝내기도 전에 회의장을 나가 버렸다.

저우언라이는 그동안 리더가 줄곧 오만하고 난폭하게 굴었던 일들이 떠올라 화가 치밀었다. 리더는 평소에 누구보다 보구와 가까이 지냈다. 두 사람은 통역 없이 직접 러시아 말로 이야기할 수 있었다. 리더는 저우언라이에게는 그런대로 예의를 지켰지만 주더나 마오쩌둥, 류보청 같은 사람들은 아예 거들떠도 보지 않았다. 저우언라이는 이 모든 것을 알면서도 리더에게 아무 말도 하지 않았다. 하지만 오늘 일은 달랐다.

회의가 끝나자 저우언라이는 리더가 묵고 있는 곳을 찾아갔다. 집

에 들어서니 리더는 아직도 화가 풀리지 않았는지 굳은 얼굴로 앉아 있었다. 통역관은 자리에 없었다.

저우언라이는 애써 화를 누르며 영어로 말을 꺼냈다.

"리더 동지, 회의를 하다가 먼저 자리에서 일어나던데 어디 편찮습니까?"

"그래요. 아주 불편합니다!"

리더는 일어서지도 않고 영어로 거칠게 대답했다.

"코민테른 대표인 내 건의를 그런 식으로 거절한 것은 옳지 않은 일입니다."

"그렇게 말할 문제는 아닌 것 같은데요."

저우언라이는 간신히 화를 다스리며 리더의 맞은편에 앉아서 반박
했다.

"이건 그 의견이 옳은가 그른가를 생각해야지요. 적이 수십 만 군대
를 후난 서부에 집결시켰는데도 우리 홍군을 호랑이 아가리에 들이밀
어야 한단 말입니까?"

"그러니까 아까 내 뜻을 똑똑히 들어 달라고 하지 않았습니까."

리더가 짜증을 내며 소리쳤다.

"내 얘기는 추격하는 적을 우리 앞으로 지나가게 하자는 말이에요. 적을 앞으로 보낸 다음 적의 뒤를 돌아 다시 북으로 진군하자, 이 말입니다."

저우언라이가 더는 참지 못한 채 그만 웃음을 터뜨렸다.

"적을 우리의 앞으로 지나가게 한다? 하하하, 우리의 앞으로 보낸다? 적은 우리를 잡으러 온 건데 뭐 하러 우리를 버리고 앞으로 가겠습니까?"

리더는 저우언라이가 웃자 화가 난 모양이었다. 그는 일어서서 저우언라이를 가리키며 말했다.

"저우언라이 동지, 나는 이런 태도가 바르다고 생각하지 않습니다. 다시 한 번 일깨워 주겠는데 나는 코민테른이 보내서 온 사람입니다. 중국 혁명에 대한 뜨거운 마음을 안고 당신들을 도우러 왔단 말이에요. 만약 여기에 군사 전문가라 할 만한 사람이 있다면 돌아갈 수도 있어요. 하지만 진정으로 군사를 아는 사람이 보이지 않는단 말입니다."

저우언라이는 부드러운 사람이지만 화를 낼 때면 역시 매서웠다. 그는 더 이상 화를 참을 수가 없자 책상을 탕 치면서 말했다.

"리더 동지, 내 한 가지만 분명하게 말하지요. 우리는 중국 혁명을 돕는 친구라면 모두 환영합니다. 하지만 중국 혁명은 구세주가 없어도 얼마든지 승리할 수 있어요."

이튿날 대오는 머리를 돌려 서쪽 구이저우로 길을 떠났다.

지도부의 의견은 하나로 모이지 않았다. 이번 일도 다른 문제들처럼 역사의 평가를 기다릴 수밖에 없었다.

이른 아침, 저우언라이는 전보를 한 통 받았다.

1군단 1사단 6연대가 어젯밤 후난, 광시, 구이저우 세 개 성 접경지대에 있는 리핑黎平 여평을 점령했다는 내용이었다. 홍군 선봉 부대가 구이저우에 들어선 것이다. 기다리던 소식이지만 막상 승리했다는 소식을 마주하고 나자 너무 순조로워서 조금은 얼떨떨했다. 이날 점심을 먹은 뒤 저우언라이가 길가 큰 바위에 기대 앉아 눈을 지그시 감은 채 쉬고 있는데 보위대장이 달려왔다.

"두 작자가 여러 날 우리 뒤를 따라다니는 걸 후미 부대에서 오늘 잡았답니다. 그런데 중요한 일이라면서 기어코 동지를 뵙겠다고 합니다."

"그럼 데려오세요."

저우언라이가 말했다.

보위 대장이 대오 뒤로 가더니 두 사람을 데리고 왔다. 앞에 선 사람은 비단으로 지은 얇은 솜두루마기에 은회색 저고리를 입은 품새가 꼭 장사꾼 같았다. 낯빛은 부드러워 보였다.

뒤에 선 사람은 검은 솜저고리를 입었는데 몹시 여윈 얼굴이 구릿

빛으로 그을려 있었다. 보위 대장이 저우언라이를 가리키며 두 사람을 바라보았다.

"이분이 우리 책임자입니다. 할 말이 있으면 이분한테 하세요."

장사꾼 차림을 한 사람이 흥분해서 소리쳤다.

"됐습니다. 됐어요. 드디어 찾았습니다!"

그리고는 솜두루마기 옷섶을 찢더니 종이 쪽지를 꺼내 공손하게 건넸다. 저우언라이는 쪽지를 보자마자 환하게 웃으며 그 사람의 손을 꼭 잡았다.

"아, 동지들이었군요. 정말 고생하셨습니다."

"천만의 말씀입니다. 우리가 해야 할 일이지요."

그 사람이 싹싹하게 말하더니 같이 온 사람을 가리켰다.

"이 사람은 34사단 중대장 가오춘린高春林 고춘림 동지입니다. 우리 찬저우 현 위원회에서는 34사단 소식을 듣고 마음이 얼마나 괴로웠는 지 모릅니다. 이 일을 어서 중앙에 알려야겠다 싶어서 가오 동지를 여기까지 데리고 왔습니다. 오는 길에 차를 얻어 타기도 하고 말을 타기도 하면서 겨우 따라잡았습니다."

저우언라이는 검은 솜저고리를 입은 사람이 34사단이라는 말을 듣고는 기뻐 어쩔 줄 몰랐다. 유자핑에서 마지막 전보를 보낸 뒤로 34사단과는 소식이 아주 끊어졌다. 그는 34사단 일이 항상 마음에 걸려 무전실에 계속 무전을 쳐 보라고 했지만 지금까지 아무 소식이 없었다. 그런데 오늘 드디어 34사단 전사를 만나게 된 것이다.

"젊은이, 34사단이라고? 그래 지금 사단 형편이 어떻습니까?"

가오춘린은 엉엉 울음을 터뜨리더니 말문을 열지 못했다.

"자, 자. 진정하세요. 진정하고, 천천히 얘기해요. 사단에 사람이 얼마나 남았습니까?"

"저……, 저 한 사람만 남았습니다."

가오춘린이 울면서 말했다.

"뭐? 혼자?"

"네. 처음엔 오륙천 명이나 됐는데 며칠 싸우고 나니 이삼천 명이 죽고 다쳤습니다. 그래도 우리는 후퇴하지 않았습니다. 천 사단장은 당 중앙을 지키기 위해서는 죽는 한이 있어도 적을 막아야 한다고 했습니다. 중앙 종대가 강을 건너자마자 저희들은 포위되었고 더는 빠져나갈 길이 없었습니다."

"포위를 뚫고 나오라고 하지 않았습니까?"

"예. 군사 위원회에서 보낸 전보를 받고 포위를 뚫기 시작했지요. 하지만 적들이 몇 겹으로 둘러싸고 있어서 몇 번이나 시도했지만 실패했습니다. 마지막에 천 사단장은 몸을 가볍게 해야 하니 서류들을 몽땅 태워 버리고 간부나 전사나 장총 한 자루만 남기되 칼을 차라고 했지요. 사단장도 장총에 칼을 꽂고는 몸소 앞에서 우리를 거느리고 돌

격했습니다. 하지만 겨우 이백 명 남짓이 빠져나왔습니다. 사단 정치
위원도 희생되었습니다."

"빠져나와서는 어디로 갔습니까?"

"군사 위원회 지시대로 싱안 동남쪽 산간 지대로 가서 유격전을 벌
였습니다. 하지만 적들이 또 쫓아왔습니다. 그곳은 모두 야오 족이 사
는 지역이라 말이 통하지 않으니 인민들을 설득할 수가 없었습니다.

양식도 구하지 못한 채, 우리는 산에 갇혀 있었지요. 그때 천 사단장이 말했습니다. '주 총사령관이 후난 남부, 장시에서 싸울 때도 수백 명밖에 없었지만 성공했어요. 우리도 따라 배웁시다. 양식은 떨어졌지만 산에는 풀이 널렸으니 그걸 먹으면 됩니다.' 우리는 정말 산에서 사흘 동안 풀만 먹었습니다."

"나중에는?"

"더 버틸 수가 없어지니까 천 사단장은 회의를 열고 대책을 의논했습니다. 사람들이 역시 한족 지역으로 가는 것이 좋겠다고 해서 포위를 뚫고 다오 현道縣 도현으로 가기로 결정했지요. 그때까지만 해도 중기관총 다섯 정이 있었습니다. 그런데 천 사단장이 총알이 얼마 없다고 두 정을 산에 묻으라고 했습니다. 기관총수들은 너무 아까워서 총을 묻으며 울었지요. 포위를 뚫고 나오면서 두 차례 싸웠는데 다오 현에 닿았을 때는 팔구십 명밖에 남지 않았습니다."

"왜 다오 현으로 가려고 했지?"

"거긴 우리가 왔던 길이라 얼마쯤 알고 있었으니까요. 만약 정 안되면 장시의 옛 소비에트 구역으로 가려고 했습니다. 우리가 다오 현에 간 지 얼마 안 되어서 하루는 한 소학교 교사가 찾아왔습니다. 현위원회에서 우리와 연락을 하려고 온 겁니다. 우리는 이젠 희망이 보인다고 얼마나 좋아했는지 모릅니다. 적들이 또 포위해 올 줄은 몰랐어요. 수천 명이 왔는데 싸움이 치열했습니다. 우리는 싸우면서 동쪽으로 퇴각했지요. 점심때 오륙십 명이 싸웠는데 오후에는 열 사람밖에 안 남았습니다. 천 사단장이 갖고 가기 힘드니 중기관총 두 정을 부숴 버리라고 해서 결국 마지막 한 정만 남았지요."

"무전기는?"

"무전기야 진작 부숴 버렸지요. …… 해 질 녘에는 사단장과 호위
병, 통신원, 그리고 저까지 네 사람만 남았습니다. 놈들은 우리가 몇
사람 안 남은 걸 보고 얼른 사로잡으라고 고함을 질러 댔습니다. 천
사단장은 놈들한테 욕을 퍼부었습니다. '백군 개새끼들아, 죽고 싶으
면 어서 올라와 봐!' 그러더니 소매를 걸어붙이고 중기관총을 집어 들
고 갈기기 시작했습니다. 순식간에 놈들이 삼대처럼 쓰러졌습니다.

놈들은 소리만 지를 뿐 감히 올라오지 못했습니다. 그런데 천 사단장
도 배에 부상을 입었습니다. 배에 난 상처 사이로 창자가 흘러나왔어
요. 기관총도 피로 물들었지요. 우, 우리가……."

가오춘린은 목소리가 떨려 한참 말을 끊었다가 다시 이었다.

"우리가 그걸 보고 상처를 싸매 주려고 달려갔습니다. 그런데 놈들
이 막 올라오고 있었습니다. 천 사단장은 눈을 부릅뜨고 저를 밀치면
서 말했습니다. '어서 쏴요!' 그러면서 침착하게 창자를 밀어 넣었습

니다. 제가 기관총을 잡고 놈들을 막았습니다. 그리고는 호위병이 천
사단장 상처를 싸매는데 '나한테 부탁이 하나 있는데 들어주겠나?' 그
래요. 우리는 눈물을 줄줄 흘리면서 말했습니다. '사단장 동지, 무슨
부탁입니까? 말씀만 하십시오.' 그는 빙그레 웃으면서 자기 머리를 가
리켰습니다. '여기에 한 방 쏴 줄 수 있겠지? 백군 놈들이 나를 산 채
로 잡으면 큰 상을 타겠지만 죽으면 값이 없단 말이야!' 우리가 울면

서 '사단장 동지. 죽어도 함께 죽어야지요. 저희는 그렇게 못 하겠습
니다.' 하니까 천 사단장은 우리를 나무랐습니다. '동지들은 그래 이
런 식으로 동지를 아끼고 싶나?' 그러면서 사단장이 호위병의 권총을
뽑으려 했습니다. 호위병은 울면서 달아났습니다. 날이 어두워지자
천 사단장이 우리를 불렀습니다. '지금은 상황이 안 좋아요. 나는 어
쩔 수 없는 몸이지만 동지들은 어둠을 타서 빠져나가야 합니다. 한 사

람이라도 빠져나간다면 그게 바로 혁명의 씨앗을 지키는 일 아니겠습니까. 그리고 나한테는 총알 한 알만 주면 됩니다.' 그 말이 끝나기도 전에 호위병과 통신원이 울음을 터뜨렸습니다. 이때 사단장이 제 손을 잡으며 말했습니다. '가오 중대장, 당신은 이 동지들보다 나이를 몇 살 더 먹었으니 철이 좀 들었겠지. 오늘 내가 죽는 건 대수롭지 않은 일이에요. 다만 임무를 완수하지 못하고 죽는 게 안타까울 뿐입니다. 우리 34사단이 오늘 전멸하게 되면 정황을 보고할 사람마저 없으니 그게 괴로워요.' 사단장은 제 손을 또다시 꽉 잡았습니다. '가오춘린 동지, 포위를 뚫고 나가 중앙에 소식을 전해 줄 수 있겠습니까? 그게 내가 사단장으로서 동지에게 주는 마지막 임무입니다. 맡아 주겠지요?' 분명 틀린 얘기는 아니었습니다. 이렇게 모두 죽는다면 전군에서는 우리를 어떻게 생각하겠습니까? 꼭 부대를 찾아 중앙에 보고해야 했습니다. 우리 34사단은 마지막 한 사람까지 싸웠습니다. 총 한 자루가 남을 때까지 투항한 사람은 하나도 없었습니다."

이야기를 듣던 저우언라이도 눈가가 불그레했다. 그가 조용히 물었다.

"천수샹은? 그는 어떻게 되었습니까?"

"제가 어둠을 타서 포위를 헤치고 나온 뒤 이튿날 세 사람이 모두 사로잡혔다는 소식을 들었습니다. 적들은 천 사단장을 들것에 싣고 돌아가 공을 청하려 했답니다. 천수샹 같은 사람이 이런 모욕을 받을 리 없지요. 하지만 들것에서 죽으려 해도 방법이 없었습니다. 동이 트자마자 그는 몰래 저고리를 헤치고 붕대를 찢어 손을 배 속에 넣고 창자를 꺼냈습니다. 그리고 젖 먹던 힘을 다해서 물어뜯었습니다. 적들

이 발견하자 그는 눈을 부릅뜨고 욕을 퍼부었습니다. '흰 개들아, 가서 상이나 받아라!' 그러고는 금방 눈을 감았다고 합니다."

담담하게 마음을 추스리던 저우언라이도 끝내 참지 못하고 눈물을 쏟았다. 은회색 옷을 입은 사람이 말을 거들었다.

"천수샹 동지의 일을 우리도 찬저우에서 들었습니다. 들것을 들었던 사람들이 소식을 전해 주었어요. 인민들은 공산당에 이런 사람이 있으니 꼭 좋은 세상을 이룰거라고들 그럽니다. 천수샹 동지 이야기는 신문에도 났지요. 제가 오면서 신문을 두 장 갖고 왔습니다."

그는 창사長沙 장사에서 나온 〈다궁바오大公報 대공보〉 두 장을 꺼냈다. 저우언라이가 펼쳐 보니 '살아 있을 때와 죽은 뒤− 우리 시 샤오우 문小吳門 소오문 밖에 살던 사람이다.'라는 기사가 실려 있었다.

공비 추격 사령부는…… 홍군 34사단 사단장 천수샹의 목을 대바구니에 넣어서…… 샤오우 문밖에 있는 중산 길中山路 중산로 어귀 돌기둥에 걸어 놓고 사람들에게 보였다. …… 그리고 이런 포고를 붙였다. "후난 보안 사령부의 말에 따르면…… 위 제34사단 사단장 천수샹을 사로잡았고…… 장시 싱궈를 떠난 뒤 여러 번 국군에게 격파되었으며…… 스마 교까지 압송해 왔을 때 상처가 너무 심해 숨을 거두었다. …… 비적 천수샹의 시체를 사진으로 찍고 동시에 목을 베어 보내는 일을 처리하도록 했으며…… 목을 걸어 놓고 사람들에게 보여 모두가 알도록 했다."

'천수샹의 목을 성에 가져다 높이 걸고 사람들에게 보였다.'라는 기사도 보였다. 저우언라이는 눈을 크게 뜨고 한참 동안 제목만 쳐다보았다. 기사를 읽어 내려가는 내내 눈이 흐리고 글자가 이리저리 어른거렸다.

천수샹의 본명은 수춘이고 창사 사람으로 샤오우 문 밖에 있는 와우瓦屋 와옥 거리 천씨 집에서 살았다. 천수샹은 올해 스물아홉 살인데 어머니는 살아 있고 아내는 서른 살 난 천쟝잉陳江英 진강영이며 슬하에 자식은 없다.

국군 독립 제7사단에 있다가 공비가 되었고 올해 사단장으로 진급했다. 장
총 사천 자루와 경기관총 마흔 정 남짓 보유한 사단이다. 이번에 장시 성 싱
궈를 출발한 뒤 뒤에서 부대의 엄호를 맡았다. 샹 강을 건너는 군대를 엄호
하느라 공비 추격 사령부에게 막혀 되돌아 도망쳤는데 어제 바더우八都 팔도
에서 격파될 때는 중기관총 한 정에 장총 세 자루로 싸웠다. 천 사단장은
부상이 심해 오전 여덟 시쯤 스마石馬 석마 교에 이르러 숨을 거두었다.

기사 아래에는 천수상의 시체를 찍은 사진이 실려 있었다. 저우언
라이는 눈앞이 캄캄해지면서 아무것도 보이지 않았다. 그는 신문을
호위병에게 건네며 중얼거렸다.

"개자식들, 두고 보자! 반드시 이 목숨 빚을 갚을 날이 있겠지."

저우언라이는 애써 마음을 가다듬은 다음 고개를 쳐들고 촨저우 현 위원회에서 온 사람을 보고 말했다.

"고맙습니다. 돌아가기 어렵지 않겠습니까?"

"노자를 넉넉히 갖고 왔으니 괜찮습니다."

은회색 두루마기를 입은 사람이 대답했다.

"그럼 동지는 어쩔 생각입니까?"

저우언라이가 가오춘린을 바라보았다. 가오춘린은 굳센 눈길로 마주 보며 말했다.

"이렇게 대오를 따라잡았으니 장정을 계속 해야지요."

"좋습니다."

저우언라이가 그의 손을 잡으며 말했다.

"그럼 우선 사령부에 있으면서 배치를 기다리세요. 이제 곧 구이저우입니다. 우리는 반드시 새로운 역사를 열어 갈 겁니다."

출발을 알리는 나팔 소리가 들렸다. 나팔 소리는 고요한 산골짜기에 메아리가 되어 끝없이 이어졌다. 마치 겹겹이 둘러 친 산들이 대답이라도 하는 것 같았다. 대오는 천천히 일어나 꿈틀거리며 전진하기 시작했다.

서리가 몇 번 내리고 나자 구이저우의 산들은 온통 누렇게 물들었다. "쓰촨四川 사천은 해가 내리쬐고, 윈난雲南 운남은 바람이 불고, 구이저우는 비가 내려야 겨울 같다."는 속담이 하나 틀린 데가 없었다. 어젯밤 내린 비에 한기가 속까지 스며들었다. 홍군은 장시를 떠날 때 챙겨 온 옷이 모자란 데다가 두 달 동안 행군과 전투를 계속하면서 그마저 누더기처럼 너덜너덜해졌다. 솜옷이 없는 사람들은 하는 수 없이 봇짐을 헤치고 입을 만한 옷은 모두 꺼내 껴입을 수밖에 없었다. 이제 누가 뭐래도 진짜 겨울이었다.

저우언라이는 대춧빛 말을 타고 앞에서 걸었다. 작은 시가지는 홍군을 보겠다며 구경 나온 사람들로 북적였다.

홍군이 인민을 위한 군대라는 소문이 금세 퍼졌는지 사람들은 도망치지 않았다. 호기심 가득한 얼굴로 싱글싱글거리며 기웃대는 이도 많았다. 홍군 전사들은 사기가 올라 걸음에 힘이 붙었다. 저우언라이

도 낯빛이 밝아져서 말에서 내려 천천히 시가지를 걸었다. 하지만 그저 좋아하고 있을 형편이 아니었다. 길가에는 장사꾼과 인민 몇몇을 빼고는 구걸을 나온 가난한 사람들이 주렁주렁 서 있었다. 노인과 어린이, 아낙들은 이 추운 날씨에도 몸을 겨우 가릴 만한 천쪼가리만 겨우 걸치고 있었다. 낯빛이 누리끼리하고 겨릅대처럼 여윈 것이 마치 지옥에서 금방 나온 죄수들 같았다.

어린아이를 안은 아낙 하나가 저우언라이가 높은 사람이라는 걸 알아보고는 뒤를 따라왔다. 아이는 발가벗은 데다 두 눈은 퀭하고 뭘 먹었는지 배가 고무공처럼 똥똥하게 튀어나와 있었다. 팔다리는 수숫대처럼 말랐고 아롱아롱한 갈비뼈가 도드라졌다.

"장군님, 옷을 좀 주세요. 아이가 얼어 죽어요!"

아낙이 따라오면서 소리쳤다. 저우언라이는 마음이 아파 얼른 호위병을 찾았다.

"싱궈, 보따리에 옷이 있지? 한 벌 꺼내 주도록 해요."

"모두 군복이고 휘장까지 달려 있는 걸요."

"뭐든 어떻나? 아이가 안 얼어 죽는 게 중요하지."

호위병은 말에 걸어 놓은 보따리에서 저고리를 꺼내 들고는 입이 댓 발은 나온 채 툴툴거렸다.

"이러다간 부주석 동지 입을 옷은 하나도 안 남겠어요!"

저우언라이는 못 들은 척 군복을 받아 벌거벗은 아이를 덮어 주었다. 그 아낙은 눈물범벅이 된 얼굴로 자꾸만 소리쳤다.

"고맙습니다, 장군님! 고맙습니다, 장군님!"

"아주머니, 장군이라 부르지 마십시오. 우리는 동지입니다."

싱궈가 곧장 바로잡아 주었다. 저우언라이 일행이 저만치 간 뒤에
도 아낙은 어린아이를 안고는 목이 메어 소리쳤다.

"고맙습니다, 홍군 동지! 고맙습니다, 홍군 동지!"

대오는 시가지를 벗어나 푸르고 누르무레한 산골짜기를 따라 걸었
다. 싱궈는 내내 이마를 찌푸린 채 말이 없었다. 저우언라이가 힐끔
보고 말을 걸었다.

"싱궈, 무슨 걱정이라도 있나?"

"여기가 구이저우인가요?"

"그래요. 여기가 바로 구이저우지."

저우언라이는 의미심장하게 고개를 끄덕였다.

오후가 되자 저우언라이는 기병 몇 사람과 함께 중앙 종대보다 먼
저 리핑으로 갔다. 동문 어귀에 이르러 보니 경계를 맡은 홍군 전사
두 사람이 성문 밖을 지키고 있었다. 안쪽에는 간부 한 사람이 한 개
소대를 거느리고 서 있었다. 간부가 저우언라이를 알아보고 재빨리
구령을 외쳤다. 두 보초병은 총을 잡은 채 힘 있게 경례를 붙이며 저
우언라이를 보고 웃었다.

"동지들은 언제 여기에 왔습니까?"

"그렇습니다."

간부가 대답했다.

"적군 한 개 연대가 지키고 있지 않았습니까? 어떻게 이렇게 빨리
점령했지요?"

그러자 그 간부가 신이 나서 말했다.

"워낙에는 한바탕 싸워 볼 생각으로 성벽을 오를 사다리도 다 준비

했지요. 그런데 얼마 싸우지도 않았는데 성문이 활짝 열리더니 인민 몇 사람이 나오길래 보니까, 손에 조그만 붉은 기를 들고 폭죽을 터뜨리며 우릴 환영하지 않겠습니까! 구이저우 군대는 남쪽 문으로 걸음아 날 살려라 도망갔지요. 놈들이 손쓸 새도 없이 도망치는 바람에 우리는 아무것도 못 빼앗았습니다."

그 말을 듣더니 저우언라이가 크게 웃으며 물었다.

"동지네 연대 지휘부는 어디에 있습니까?"

"천주교회 곁에 있습니다. 제가 모셔다 드리지요."

저우언라이와 기병들은 동문으로 들어갔다. 돌이 잔뜩 깔린 거리 사이로 말굽 소리가 시끄럽게 울렸다. 저우언라이는 천천히 걸으며 도시 풍경을 살펴보았다. 남쪽으로 꺾어 드니 긴 돌층계가 보였다. 큰길이 북쪽으로 멀리 산골짜기까지 마치 긴 활처럼 굽어졌다가 다시 위로 뻗어 있었다. 저우언라이가 물었다.

"이 도시는 작은 산등성이 위에 있는 건가?"

"예. 산등성이가 자그마치 다섯 개나 됩니다."

간부가 웃으며 대꾸했다.

"하나는 황룽 산黃龍山 황룡산이고 다른 하나는 헤이룽 산黑龍山 흑룡산이고 또 다른 하나는 츠룽 산赤龍山 적룡산이지요. 나머지 둘은 또 무슨 산이라고 하던데 잘 모르겠습니다. 인민들 말로는 다섯 개 산으로 둘러싸인 마을이라 해서 리핑을 전에는 우나오자이五瑙寨 오노채라고 불렀답니다."

그들은 어느새 백 개쯤 되는 돌층계를 걸어 내려가 산골짜기에 이르렀다. 길가로 가게가 죽 늘어서 있었다. 낡고 오래된 덧문을 단 작은 층집들이었는데, 죄다 연기에 거멓게 그을려 있었다. 다들 한창 문을 여는 참이었다. 작은 식당들은 찬 바람 속에서 김을 무럭무럭 피우며 바쁘게 움직였다. 어제까지만 해도 무섭고 신기하게만 여기던 손님을 맞기 위해 열을 올렸다.

가파른 오르막에 올라서자 천주교회 곁으로 큰 집이 하나 보였다. 집 양쪽으로 담이 높았다. 문에는 홍군 보초병이 서 있었다.

"저기가 연대 지휘부입니다!"

안내하던 간부는 경례를 하고 돌아갔다.

저우언라이는 잘 꾸며 놓은 마당으로 들어섰다. 본채에 달린 문은 제법 화려하고 정교한 본새로 꾸민 것이었다. 안에서 말소리, 웃음소리가 시끌벅적 들려왔다. 구이저우 사투리였다. 집 안에 들어서니 6연대 정치위원 예밍葉明 엽명이 구이저우 사람 대여섯이 하는 말을 듣고 있었다. 한눈에 고생하면서 가난하게 사는 인민들임을 알 수 있었다. 다들 옷차림이 보잘것없었다. 예밍은 작은 키에 총명하고 활발해서 한시도 가만있지 못하는 사람인데 오늘따라 더 활기차 보였다. 저우언라이가 들어서자 그는 서둘러 몸을 일으켰다.

"반갑습니다. 저우언라이 동지. 빨리도 왔군요! 지금 한창 현 소비에트를 세우려고 의논하던 중입니다."

그는 저우언라이를 사람들한테 소개해 주었다. 사람들은 존경에 찬 눈길로 저우언라이를 바라보면서 어쩔 줄 몰라 했다.

"앉으세요. 어서 편히들 앉으십시오."

저우언라이가 자리를 권하면서 사람들 사이에 앉았다.

"모두 이 고장 분들이십니까?"

저우언라이가 물었다.

"예. 모두 공이 큰 분들입니다."

예밍이 신이 나서 말했다.

"우리 홍군이 리핑을 이렇게 빨리 점령하게 된 건 다 이분들이 성문
을 열어 준 덕분이지요."

"아, 그랬군요!"

저우언라이는 다시 일어나 사람들과 일일이 악수를 하고는 놀라운
눈으로 바라보았다.

"모두 여기 이 저우周 주 검둥이가 앞장을 섰기 때문이지요."

우락부락하게 생긴 한 사나이가 말했다.

"맞습니다. 모두 저우 선생이 내놓은 작전이었습니다."

다른 몇 사람도 맞장구를 쳤다. 그때 남들이 '저우 검둥이'라고 부르는 사람이 얼굴을 붉히면서 고개를 숙이더니 작은 소리로 웅얼거렸다.

"여럿이 의논하고 한 일인데요 뭐."

저우언라이는 그를 자세히 뜯어보다가 고개를 갸웃거렸다. 이 '저우 검둥이'라는 사람은 오히려 남보다 얼굴이 희고 말쑥한데 왜 검둥이라고 하는지 알 수 없었다. 예밍이 눈치 빠르게 끼어들었다.

"이 저우 선생은 구이저우 성 연극반에서 여태 문예 공작을 했습니다."

"예. 어려서부터 검둥이 역을 맡았지요. 그런데 거창하게 문예 공작이라니 쑥스럽습니다. 다 가난하니까 밥 벌어먹으려고 한 일인데요."

저우 검둥이가 말했다. 저우언라이는 아까 그 우락부락하게 생긴 사람을 보고 물었다.

"선생님께서는 무얼 하시는지요?"

"저는 성이 장張 장가인데 어려서부터 돼지를 잡았습니다."

사내는 쇠기둥 같은 팔을 휘두르며 헤헤 웃었다.

"금방 저더러 소비에트 위원을 하라길래 제가 안 된다고 했지요. 저는 돼지 잡는 일 말고는 아는 것이 없습니다. 돼지 잡을 일이 있으면 저한테 맡기십시오."

그 말에 사람들이 웃음을 터뜨렸다. 저우언라이는 손이 새하얗고 나이가 좀 지긋한 사람 쪽으로 고개를 돌렸다.

"선생님은 무슨 일을 하십니까?"

"저는 이발사입니다."

그는 어딘가 서먹해서 말했다.

"이 현 소재지에서 반평생을 남의 머리만 깎았지요. 심부름이나 머리 깎는 일은 얼마든지 할 수 있지만 소비에트 위원은 자신이 없습니다. 여러분을 보니 모두 머리가 길게 자랐는데 여기 며칠 더 묵는다면 제가 잘 깎아 드리지요. 그러면 구이양貴陽 귀양에 가도 돋보일 것 아닙니까!"

저우언라이는 또 한바탕 웃었다. 그는 다시 저우 검둥이를 보고 물었다.

"그런데 어떻게 우리 홍군을 맞으려는 생각을 하게 되었습니까?"

"당신들이 말라깽이들의 대오라는 것을 진작 알고 있었거든요."

저우 검둥이가 의미심장하게 웃으며 말했다.

"말라깽이라니요?"

"가난한 사람들 말입니다."

예밍이 알려 주었다.

"이 고장에서는 말라깽이라고 하지요."

"음, 말라깽이라! 딱 맞는 말입니다. 어찌나 인민들을 쥐어짰는지 여긴 빼빼 마른 사람들밖에 없더군."

"그 며칠 시가지가 뒤숭숭했지요."

백정 장 씨가 말했다.

"돈 있는 사람은 다 도망갔는데 저는 어쩌면 좋을지 모르겠더라구요. 나중에 저우 검둥이네 집에 가 보니 한창 여유작작해서 조그맣고 붉은 깃발을 만들고 있지 않겠습니까! 제가 그건 뭘 하러 만드냐고 물으니까 웃으면서 다 쓸모가 있다고 그래요. 제가 무슨 쓸모가 있냐고 하니 홍군이 금방 오니 홍군을 맞는데 쓰겠다고 합디다. 제가 그만 깜짝 놀라 목이 잘리고 싶어 그러느냐고 했지요. 그랬더니만 헤헤 웃으면서 어자피 지금도 굶기를 밥 먹듯이 하고 잡다한 세금 때문에 살기도 숨이 찬데 차라리 시원하게 죽는 것이 낫지 않겠느냐고 하잖아요. 생각해 보니 그 말도 맞는 것 같아서 나도 하나 만들어 주면 따라가겠다고 했지요. 이렇게 해서 적지 않은 사람들이 모이게 됐습니다. 어제 홍군이 오면서 총소리가 울리니까 왕자레이王家烈 왕가열 군대는 날 살려라 남문으로 도망쳐 버렸어요. 우리는 재빨리 동문으로 달려가 성문을 열었지요."

"저기 저 장 선생이 열었습니다."

저우 검둥이가 거들었다.

"동쪽 문에 달린 그 큰 삼나무 빗장이 어찌나 꽉 박혔는지 급하니까 더 안 빠지지더라구요. 이때 장 선생이 비켜서라고 하면서 큰 돌을 가져다가 몇 번 치니 툭 떨어져 나가더군요. 그 커다란 자물쇠도 끊어져 땅에 떨어졌습니다. 평소에 돼지를 잡아서 그런지 힘이 대단해요!"

백정 장 씨는 칭찬을 듣자 거무스레한 얼굴이 밝아지며 수줍게 웃었다. 저우언라이가 손뼉을 치면서 말했다.

"이건 동지들이 용기 있고 그만한 능력도 있다는 증거입니다. 그런데 왜 소비에트 위원을 못 하겠다고 하는 겁니까. 남이 우리를 업신여겨도 안 되지만, 우리 스스로도 자신을 업신여겨서는 안 되지요."

저우언라이가 차근차근 도리를 말하자 사람들이 하나 둘 고개를 끄덕였다. 그는 곧 나지막한 목소리로 예밍에게 속삭였다.

"동지네 연대는 좀 더 앞으로 밀고 나가야 합니다. 중앙에서는 여기서 중요한 일을 하려고 해요."

　며칠 뒤 이 집에서 '리핑 회의'가 열렸다. 회의는 짧게 끝났지만 성
과는 아주 컸다. 치열한 논쟁을 거쳐 군대를 구이저우로 돌리자는 마
오쩌둥의 주장을 받아들였다. 쓰촨이나 구이저우 둘레에 새로운 근거
지를 세우고, 우선 쭌이遵義 쭌의를 중심으로 하되 조건이 불리해질 때
는 쭌이 서북 지역으로 옮길 수 있다고 분명하게 결정했다. 이제 홍군
은 나아갈 방향을 분명히 찾게 되었다.

회의에서 저우언라이는 리더를 거세게 비판했다. 그러면서 해임된 류보청을 다시 총참모장으로 불러들이자고 제안했는데 많은 사람들이 찬성을 했다.

류보청은 공산당원들 가운데서 군사 경험과 자질이 가장 풍부한 사람 중에 하나였다. 겉모습은 무던하고 소박하며 몹시 평범했지만 속에는 놀랍도록 강인한 성품이 감춰져 있었다. 1911년, 그러니까 류보청이 열아홉 살 나던 해였다. 그가 고향 사람들에게 말했다.

"대장부라면 검을 잡고 배고픔과 가난에 시달리는 민중을 구해야지 어찌 제 한 몸만 잘 먹고 잘살겠다고 할 수 있습니까!"

그러고는 땋은 머리를 싹둑 잘라 버리고 청나라 정부를 무너뜨리겠다며 학생 군대에 들어갔다. 1915년 차이웨蔡岳 채악가 윈난에서 위안스카이袁世凱 원세개를 쳐서 나라를 구하자는 깃발을 높이 추켜들었을 때 류보청은 쓰촨에 있는 푸링涪陵 부릉에서 떨쳐 일어나 호국군護國軍 제4지대 지도자가 되었다.

이듬해, 스물네 살 때 그는 펑두豊都 풍도 전투에서 머리에 총알을 두 발 맞았는데 한 발은 머리 위를 스치고 지나갔고 다른 한 발은 오른쪽 태양혈로 들어가 오른쪽 눈으로 나왔다. 충칭重慶 중경의 개인 진료소에서 수술을 받았는데, 설비가 초라해 부분 마취밖에 할 수 없었다. 그런데도 그는 의사가 칼로 살을 찢고 저미는 동안 마치 남의 일처럼 앓는 소리 한마디 없이 조용히 앉아 있었다. 그나마도 수술이 세 시간이나 걸리는 바람에 마취 효과는 사라진 지 오래였다. 나중에 의사가 상처를 싸매면서 보니 의자 손잡이가 땀으로 질퍽했다.

"많이 아팠지요?"

의사가 묻자 류보청이 웃으며 대답했다.

"괜찮습니다. 뭐, 많지도 않지요. 한 일흔 번 남짓 베어 냈을 따름이니까요."

"그걸 어떻게 알고 있습니까?"

의사가 놀라서 물었다.

"한 번 벨 때마다 세어 봤지요."

이 이야기가 퍼지자 사람들은 류보청이 보통 사람이 아니라 '싸움의 신'이라며 우러러보았다.

이 청년은 나중에 여단장까지 올라가면서 쓰촨에서 이름을 날렸다. 하지만 나라와 백성을 고통 속에서 구하려는 꿈은 군벌들이 엎치락뒤치락 다투며 제 잇속만 차리는 세상에서는 펼칠 수가 없었다. 결국 류보청은 "온 몸이 상처투성이가 된 채 눈도 하나밖에 남지 않은" 어려운 처지로 공산당에 입당했다.

난창 봉기 때 그는 봉기군 참모장이었다. 봉기가 실패한 뒤 그는 당의 지시를 받고 군사를 배우러 소련으로 떠났다. 그때 류보청은 서른여섯 살이나 먹은 터라 학생들 가운데 가장 나이가 많았다. 러시아 말을 배우는 게 힘들 수밖에 없었다. 그는 초등학생처럼 단어를 손바닥에 적어 놓고 온종일 외웠다. 러시아 어 'P' 발음이 굉장히 까다로워서 여러 날 아침을 이 발음을 익히려고 애쓰기도 했다. 몇 달이 지나자 그는 마침내 러시아 말로 된 책을 혼자서 읽을 수 있게 되었다.

류보청은 1932년 초에 중앙 소비에트 구역으로 들어와 홍군 학교 교장으로 일하다가 나중에는 총참모장으로 옮겨 갔다. 이처럼 전쟁 경험이 풍부하고 소련 프룬제Михаил В Фрунзе 군사 대학에서 이론을 배

운 고급 장교가 홍군의 총참모장을 맡는 것은 누구나 바라는 일이었
다. 하지만 리더는 류보청이 못마땅했다. 류보청은 견고한 구축물에
만 의지해 진지 싸움을 해야 한다는 리더의 전술에 찬성하지 않았다.
갈등은 깊어만 갔다. 한번은 리더가 류보청을 앞에 놓고 나무랐다.

"소련에서 몇 년 배웠다는 사람이 아래 참모들보다도 못하군."

통역관은 싸움이라도 크게 터질까 봐 "리더 동지는 동지가 참모 일
을 꼼꼼하게 하지 못했다고 합니다."라고 전해 주었다. 그러자 류보청
이 크게 웃으며 말했다.

"자네는 마음이 어진 사람이군. 나를 욕하는 말은 옮기지 않으니 말

이야."

인내심이 강한 류보청이었지만 한번은 결국 폭발하고 말았다. 그 날 홍군 전사 몇 사람이 뜰에서 밥을 짓고 있는데 리더가 길을 막았다고 소리를 지르며 솥을 냅다 차 버린 것이다. 류보청이 그걸 보고는 리더한테 다가가서 러시아 말로 따졌다.

"제국주의 놈들이 바로 이렇게 중국인을 모욕했습니다! 코민테른 고문으로서 당신이 보여 준 행동은 완전히 틀렸어요. 이게 바로 제국주의 짓거리란 말입니다!"

코민테른 대표에게 '제국주의 짓거리'라며 퍼부은 것은 가벼운 일이 아니었다. 얼마 뒤 보구는 류보청을 총참모장에서 해임하고 5군단 참모장으로 내려보냈다.

이날 오후, 류보청이 명령을 받고 왔다. 그는 쓰촨 사람 치고 보기 드문 꺽다리였다. 장정을 떠난 뒤 전처럼 옷차림을 살필 겨를은 없었지만 입고 있는 군복은 여전히 깨끗했다. 각반도 깔끔하게 매 빈틈없는 군인의 기품이 배어났다. 들어오자마자 그는 저우언라이에게 경례를 했다.

"명령대로 왔습니다."

"마침 잘 왔습니다."

저우언라이가 활짝 웃으며 그의 손을 꼭 잡고 말했다.

"나는 총정치위원일 뿐인데 총참모장 일까지 해야 하니 바빠 죽을 지경이에요."

"당신이야 총참모장 일을 겸하지 않아도 늘 바쁜 사람이지요."

류보청이 웃으며 대꾸했다.

"이번 정치국 회의에서 얘기가 잘돼서 동지를 다시 부를 수 있게 됐습니다. 많은 동지들이 좋다고 동의해 주었어요."

저우언라이가 뜸 들이지 않고 잘라 물었다.

"혹 다른 생각이 있습니까?"

"다른 생각이랄 게 있습니까. 명령이니 따라야지요."

류보청이 말했다.

"그런데 솔직히 말하자면 리더 쪽은 좀 껄끄럽습니다. 아래 참모들보다도 못한 사람이 어찌 총참모장을 할 수 있겠습니까."

그 말에 저우언라이가 손을 내저었다.

"그 일은 더 말하지 마세요. 앞으로는 리더가 이것저것 다 참견하도록 하지 않을 테니까."

"그런데 이번 샹 강 전투는 손실이 너무 엄청났습니다."

류보청이 못마땅해서 말했다.

"아니, 올해는 무슨 싸움을 그렇게 합니까? 보니까 이건 싸움이 아니라 '맨몸 막기'예요. 적들은 '돌 굴리기'였구요. 마치 적들이 바윗돌을 우리한테 굴리면 우리는 바보처럼 그걸 맨몸으로 막아 보려 한 것 같습니다."

"그래요. 그걸 잘 되새겨서 교훈으로 삼아야겠지요."

저우언라이가 엄숙하게 말했다.

"동지는 우리가 결정한 새 노선을 어떻게 보고 있습니까?"

한참 생각하더니 류보청은 안경 너머로 외눈을 번뜩였다.

"원래 방안을 버리고 머리를 구이저우로 돌린 것은 찬성합니다. 하지만 근거지를 어디에 세울 거냐 하는 문제는 아직 깊이 생각해 보지 않았어요. 더 고민해 봐야겠습니다."

저우언라이는 웃으며 말했다.

"한번 멋지게 싸워 보십시오. 당신은 전에 구이저우 군대와 싸운 적이 있지 않습니까?"

"다 옛날 일이지요."

류보청도 빙긋이 웃으며 대꾸했다.

"저는 지금 홍군입니다. 그때하고 견주면 적어도 열 배는 강하지요."

두 사람은 함께 웃음을 터뜨렸다.

3장 마침내 우 강을 건너다

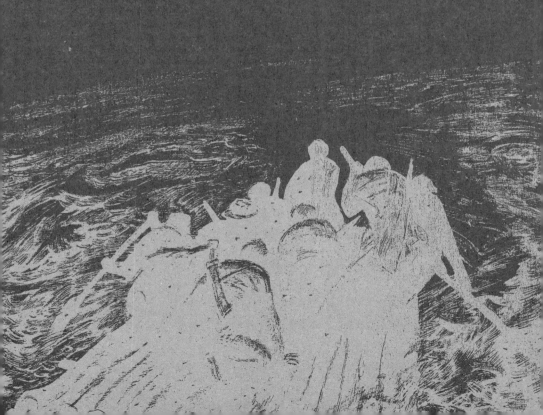

구이저우에 들어선 홍군은 사만 명이 채 되지 않았다. 하지만 가난한 산골 마을은 엄청난 충격에 휩싸였다. 가장 큰 충격을 받은 사람은 물론 구이저우 성 주석이자 25군단 군단장인 왕자레이였다. 왕자레이는 몸집이 우람하고 행동거지가 소탈한 사람이었다. 또 지혜와 용기를 갖춰, 누구나 공경하고 두려워할 만했다. 하지만 리핑을 잃었다는 소식을 듣고는 그만 얼이 빠졌다.

어제 왕자레이는 장제스가 구링苦岭 고령에서 보낸 전보를 받았다. 홍군을 어서 막으라는 다그침에 왕자레이는 마음이 어수선하기 짝이

없었다. 오늘도 오전 내내 군사 회의를 열었지만 사단장, 여단장들은
대책은 내놓지 않고 어렵다는 이야기만 늘어놓았다. 안 그래도 뒤죽
박죽이던 생각은 실타래처럼 엉켜 버렸다. 왕자레이는 얼른 집에 돌
아가 아내와 의논하고 싶었다.

구이양은 산속에 있는 도시라 길이 모두 짧았다. 승용차가 금방 부
르릉 소리를 내며 떠났는데 벌써 동산 아래에 자리 잡은 호화로운 저
택에 이르렀다. 왕자레이는 으레 집에 도착하면 으리으리하고 화려한
삼 층 건물을 흡족해서 바라보곤 했다. 아치형 장식이 아름다운 넓은

복도는 날마다 보는데도 늘 마음을 사로잡았다. 구이양에서는 하나밖에 없는 것이니 그럴 수밖에. 하지만 오늘은 그런 것들이 눈에 들지도 않았다. 왕자레이는 집에 들어서자마자 물었다.

"마님 계시나?"

"아직 안 돌아오셨습니다."

호위병이 대답했다.

"어디로 가셨나?"

"바이白 백 마님 댁에 마작하러 가셨습니다."

"어서 전화해서 오시라고 해."

그러더니 모자를 벗어 호위병한테 건네고는 집 앞을 서성였다. 빨간 가죽 장화가 벽돌 바닥과 맞닿는 소리가 뚜벅뚜벅 무겁게 울렸다.

왕자레이는 구이저우 북쪽에 있는 퉁즈桐梓 동재에서 태어났는데, 어려서부터 옛 글을 많이 읽었다. 먹물이 좀 들었다고, 낫 놓고 기역 자도 모르는 까막눈 장군들보다는 백 배 나았다. 하지만 시절이 어수선해 붓을 버릴 수밖에 없었다. 대신 왕자레이는 저우시청周西城 주서성 같은 퉁즈 태생 벗들과 사귀면서 총을 쥐게 되었다. 군인으로 들어서기만 하면 승승장구하던 때라 저우시청이 여단장으로 올라가자 왕자레이는 대대장이 되었고 저우시청이 사단장으로 올라가자 여단장이 되었다. 이들이 바로 구이저우 군벌 가운데 퉁즈 계보였다.

저우시청이 왕자레이를 아낀 것은 담력과 지혜가 뛰어나 책략을 잘 생각해 냈기 때문이다. 그즈음 구이저우에서 정권을 잡으려면 쓰촨 성 주석 위안주민袁祝民 원축민의 마음을 얻어야 했다. 그때 저우시청을 보고 위안주민을 만나 보라는 사람이 있었다. 가야 할지 말아야 할지 저우시청은 갈피를 잡지 못했다. 간다면 위험을 무릅써야 했다. 일이 잘 풀리지 않는다면 붙잡힐 수도 있었다. 저우시청은 의형제들을 불러 의논했다. 다른 사람들은 위험을 무릅쓰며 갈 필요가 없다고 말렸지만 유독 왕자레이만 이처럼 좋은 기회를 놓칠 수 없다며 가라고 했다. 왕자레이의 분석은 나름대로 일리가 있었다. 위안주민의 마음은 지금 중원에 가 있다, 세력을 키워 장제스와 겨루고 싶어 하니 이번 걸음에 절대 죽을 위험은 없다고 했다. 모험을 좋아하는 저우시청은 유서를 써 놓고 쓰촨으로 갔다. 위안주민은 저우시청을 보자마자 크게 반가워하며 밤을 새워 이야기를 나누었고 왜 진작 만나지 못했을까 한스러워했다. 위안주민이 저우시청을 사단장으로 삼자 저우시청은 '혁명' 사단장이 되었다. 곧 저우시청은 딸을 위안주민의 아들에게 시집을 보내 사돈을 맺었다. 뒤이어 위안주민은 사람을 보내 우한武漢 무한 정부와 손을 잡았고 정식으로 저우시청을 25군단 군단장 겸 구이저우 성 주석으로 임명했다. 왕자레이도 부군단장으로 승진했다.

하지만 좋은 시절은 오래가지 않았다. 삼 년 뒤 저우시청은 장제스가 보낸 사람에게 암살되고 말았다. 순서대로라면 왕자레이가 구이저우 성 주석과 군단장 자리를 물려받아야 했다. 그런데 의형제 가운데 마오광샹毛廣翔 모광상이 그 자리를 발 빠르게 가로챘다. 왕자레이는 분통이 터졌지만 별 수 없었다.

몇 해 뒤, 그는 명령을 받들고 난징에 가서 국민당 대표 대회에 참가하게 되었다. 그때 고위 관리 한 사람이 요새 마오광샹이 아래위 모두에게 불만을 사고 있으니 왕자레이더러 그 자리를 맡는 것이 어떻겠냐고 운을 뗐다. 왕자레이는 귀가 솔깃하여 한껏 재주를 부렸다. 옳은 일을 사양할 수는 없다느니, 마음 써 주신 은혜는 잊지 않겠다느니 하면서 감격의 눈물을 흘린 것이다. 왕자레이가 구이양으로 돌아와 보니 신문에는 평생 잊을 수 없는 소식이 실려 있었다. 왕자레이가 산의 나라, 구이저우의 황제가 되었다는 소식이었다.

하지만 흠은 누구에게나 있었다. 의사가 제 병을 못 고치는 격이랄까. 왕자레이는 중대한 문제, 특히 자신의 성패가 달린 결정적인 문제를 앞에 놓고는 항상 머뭇거렸다. 이런 문제에 맞닥뜨리면 언제나 아내의 도움이 필요했다. 신기하게도 세상에는 분명 천생배필이라는 것이 있나 보았다. 그의 아내는 관리 가문에서 태어나 어려서부터 벼슬아치 일을 숱하게 보고 귀에 못이 박히도록 들어온 터라 거래를 할 때 거침이 없었다. 더욱이 옛 책도 꽤 읽은 탓에 권력을 움직여 구멍수를 보는 재간이 기가 막혔다. 왕자레이가 큰일을 하는데 현명하게 내조를 하기에 부족함이 없었다.

"마님이 왜 아직도 오지 않는 거냐?"

그는 저택 앞을 서성거리다가 걸음을 멈추고는 소리 질렀다.

"마님께서 이번 판만 놀고 오시겠다고 했습니다."

호위병이 웃으며 대꾸했다.

"이번 판?"

그는 못마땅해 곧장 수위실로 가서 전화를 걸었다.

"수펀淑芬 숙분?"

왕자레이가 안절부절못하고 물었다.

"왜 아직도 돌아오지 않는 거요?"

"간다고 했잖아요?"

아내는 불쾌하다는 투로 되물었다.

"이제 막 놀기 시작했는데, 불이라도 난 것처럼!"

왕자레이는 차분히 말했다.

"수펀, 화내지 말고 들어요. 오늘 정말 급하게 의논할 일이 있어요. 그러니 어서……."

왕자레이는 전화기를 내려놓고 다시 저택 앞을 거닐기 시작했다. 의논할 사람이 늦는다면 그동안 혼자 생각하면서 헝클어진 생각을 정리해 보는 것도 좋을 것 같았다.

구이저우에 들어온 중앙 홍군을 막느냐 마느냐 하는 문제는 쉽게 판단이 섰다. 중앙 홍군이 오기 전에 선봉대로 런비스와 샤오커, 왕전 王震 왕진이 이끄는 6군단이 이미 지난 10월 구이저우에 들어왔다. 그 때 왕자레이는 부대를 거느리고 그들과 싸우면서 실컷 쓴맛을 보았던 것이다. 팔구천 명쯤 되는 그 부대도 막아 내기가 아주 껄끄러웠는데 지금 중앙 홍군 사오만 명이 한꺼번에 쏟아져 들어온다는데 막을 방법이 있겠는가?

게다가 구이저우에서는 내전이 일어나 두 해나 엎치락뒤치락하다가 얼마 전 끝이 났다. 유궈차이猶國才 유국재가 판 강盤江 반강을 따라 늘어선 여덟 개 지역을 다스리고, 허우즈단侯之擔 후지담이 츠수이赤水 적수, 런화이仁懷 인회, 시수이 현習水縣 습수현 을, 장짜이전蔣在珍 장재진은 정안 강正安河 정안하 연안에 있는 여러 현을 다스리게 되었다. 이들이 모두 왕자레이를 지지한다고 해도 그가 진짜 지휘할 수 있는 군대는 사단 두 개, 여단 다섯 개로 다 합해야 열다섯 개 연대였다. 이 병력으로 어찌 중앙 홍군을 막아 낸단 말인가? 이제껏 고생스럽게 다스려 오던 구이저우 땅을 이번에는 지켜 낼 수 있을 것 같지가 않았다.

하지만 친구들의 충고처럼 홍군을 막아 내는 일보다 장제스를 조심하는 일이 더 까다로웠다. 장 위원장의 중앙군이 홍군을 뒤쫓아 구이저우로 들어올 것이 뻔하기 때문이었다. 심지어 중앙군이 구이저우에 들어오는 날이 왕자레이가 망하는 날이 될 거라고 말하는 사람도 있었다. 그 말이 어찌나 날카롭고 정확한지 속이 다 서늘했다. 더구나 왕자레이에게는 기억하고 싶지 않은 옛 일마저 있었다.

재작년, 그는 장제스가 구이저우를 탐낸다는 것을 알고 전전긍긍하다가 서로 도움이 될까 해서 광시의 리중런李宗仁 이종인, 바이충시, 광둥廣東 광동의 천지상陳濟裳 진제상과 손잡고 '반장反蔣 동맹'을 맺은 일이 있었다. 그런데 그만 이 일급비밀 자료를 위한머우余漢謀 여한모가 빼돌려 장제스한테 척 갖다 바친 것이다. 장제스가 어찌 이 일을 잊겠는가. 생각하기조차 무서운 일이 오늘 새삼스레 떠올랐다. 그 일이 떠오를 때마다 왕자레이는 불에 덴 듯, 벌레에 물린 듯 속이 따끔거렸다.

문밖에서 빵빵 경적 소리가 울렸다. 호위병이 재빨리 나가 문을 열었다. 왕자레이의 아내가 몸에 꼭 맞는 중국식 검은 원피스를 입고 문으로 들어섰다. 원피스 앞섶에는 모란꽃이 수 놓여 부티가 흘렀다. 왕자레이의 아내는 마흔을 바라보는 나이에도 단아하고 아름다웠다. 걸음걸이나 눈매, 작은 움직임 하나에도 장군의 아내다운 자부심이 묻어났다. 하지만 아편 때문에 얼굴에 벌써 노르끄레한 빛이 돌아 그걸 감추느라 화장이 무척 두터웠다. 그는 아까 남편의 재촉이 어지간히 못마땅했는지 왕자레이한테는 눈길 한 번 주지 않고 집 안으로 들어가 버렸다. 또각또각 소리만 길게 복도를 울렸다. 왕자레이는 머쓱해서 뒤따라 들어갔다.

그는 팽팽한 분위기를 풀어 보려고 얼른 뒤따라오는 호위병에게 큰 소리로 말했다.

"마님이 먼저 쉬실 수 있게 담배 등잔을 켜라!"

"네!"

호위병은 박달나무를 깎아 만든 자줏빛 침대가 있는 안방으로 뛰어갔다. 그러고는 반짝반짝 윤이 나게 닦은 담배 등잔에 불을 달았다.

화가 좀 풀렸는지 왕자레이의 아내는 담배 등잔 곁에 가서 누웠다. 왕자레이도 곁에 얼굴을 마주하고 누웠다. 피우기 좋게끔 담뱃대를 들고 몇 모금 빨아 주려 하자 아내는 홱 가로채며 뾰로통해서 말했다.

"누가 빨아 달래요!"

그는 좀 누레진 손가락으로 익숙하게 담뱃대를 눌렀다. 그러고는 정교하게 만들어진 비취 담배통에서 아편덩이를 꺼내 유리등에 태우기 시작했다.

"무슨 중요한 일이길래 그렇게 급하게 날 찾았어요?"

완수펀萬淑芬 만숙분이 물었다. 딱딱한 분위기가 풀린 듯하자 왕자레이가 한숨을 쉬며 말했다.

"저기, 홍군이 왔어요."

"홍군이라면 진즉에 오지 않았어요?"

"아니, 그건 샤오커와 왕전이 이끄는 부대지. 이번에는 주더와 마오쩌둥이 거느린 중앙 홍군이 오륙만 명이나 온다니까."

담뱃대가 불 위에서 잠깐 떨더니 한참을 멎어 있었다. 그러더니 가느다란 손이 다시 재치 있게 움직이기 시작했다.

"그럼 목숨 걸고 싸우는 수밖에 더 있나요?"

왕자레이의 아내는 눈을 치켜뜨며 말했다.

"그 사람들이 오면 우리 살길이 어디에 있겠어요."

"나도 그렇게 생각하고 있어요. 호되게 족치는 수밖에 없지."

왕자레이는 조심스럽게 아내의 눈치를 살폈다.

"그런데 문제는 그렇게 단순하지가 않아요. 친구들이 그러는데, 장제스의 중앙군이 뒤따라 들어와서 일석이조를 노릴 공산이 크다는군."

"뭐라구요? 일석이조라니?"

"말하자면 이참에 공산당만 치는 게 아니라 나도 없애 버린다는 거지!"

불에 땅콩만 한 갈색 담배 거품이 일다가 다시 꺼져 버렸다.

"그래요. 그럴 가능성이 많지요."

완수펀은 망설이다가 말했다.

"그래도……, 내 생각에는 설마…… 장제스가 그렇게까지……."

왕자레이는 기어드는 소리로 혼잣말처럼 중얼거렸다.

"설마라니요?"

"뭐, 한때는 장제스도 나를 퍽 좋아했으니까. 구이저우 성 주석으로 가장 이상적인 사람은 마오광샹이 아니라 왕자레이라고. 또…… 그동안 아래위로 우리가 보낸 물건이 얼마나 많아요?"

"여보, 그건 다 옛날 이야기잖아요."

아내는 웃으며 대꾸했다.

"당신이 추진한 '반장 동맹'을 배신자 위한머우가 팔아먹지 않았어요! 그걸 장제스가 잊을 리 있어요?"

왕자레이는 찻잔을 들고 차를 마시려다가 불에 덴 듯 손을 움츠러뜨렸다. 넓죽한 얼굴이 흉하게 일그러졌다.

"그럼 나도 이제 끝장이군."

그는 금붕어처럼 눈을 슴뻑이며 울먹거렸다.

두 사람은 한동안 말이 없었다. 방 안 공기는 순식간에 무겁고 딱딱하게 얼어붙었다. 완수펀은 고운 미간을 몇 번 찌푸리며 천장을 쳐다보았다. 그러고는 담배통에서 금이며 옥이 마디마디에 박혀 화려하기

이를 데 없는 담뱃대를 꺼내 들었다. 그는 아편 거품을 담배 꼭지에 꽉 끼우고는 등불에 대고 꾸르륵꾸르륵 빨았다. 그러더니 담뱃대를 담배 쟁반에 던지고는 물을 한 모금 먹었다.

"하지만 방법은 있어요."

왕자레이의 아내는 정신이 나는지 얼굴에 홍조를 띄우고 눈을 반짝이며 남편에게 말했다.

"방법이라니?"

왕자레이도 눈이 반짝했다.

"장제스를 찾아가야겠어요."

완수편이 환하게 웃으며 자신 있게 말했다.

"오해는 살 수도 있고 풀 수도 있지요."

"장제스를 찾아가다니?"

왕자레이는 망설이다가 의심스레 물었다.

"누가 간단 말이지?"

"누구라니요? 당연히 저지요!"

왕자레이는 소대장 시절부터 옆자리를 지켜 온 아내를 멍하니 쳐다보았다. 사랑인지, 감격인지, 탄복인지, 아니면 이 감정들이 한데 어우러져 마음을 뜨겁게 하는지 알 수 없었다. 정말이지 아내를 꼭 껴안아 주고 싶었다.

마침 초인종 소리가 들리더니 호위병이 들어왔다. 바이白 백 사단장과 허赫 혁 사단장이 아래층에서 기다린다고 했다.

"어서, 어서 모셔 오게."

왕자레이가 들떠서 말했다.

두 사단장은 모두 왕자레이가 뽑아 쓴 심복이자 가까운 친구였다. 사람들은 이 두 사람을 일러 '왕자레이의 손발'이라고 했다. 왕자레이가 마음대로 지휘할 수 있는 열다섯 개 연대가 바로 이 두 사단장이 이끄는 부대였다. 바이 사단장은 왕자레이와는 의형제 사이로, 하얗고 말쑥한 얼굴에 키가 크고 제법 영리한 사람이었다. 고등 군사 학교를 나온 사람이라 왕자레이의 전략 보따리나 다름없었다. 허 사단장은 작달막한 키에 푼더분한 얼굴로 배가 쑥 나와 막돼먹은 사람처럼 보였다. 군인 출신으로 바이 사단장처럼 총명하지는 않았지만 왕자레이한테는 더없이 충성스럽고 고분고분했다. 소문에는 왕자레이와 먼 친척뻘이라고 했다.

이윽고 두 사단장이 방으로 들어왔다. 왕자레이와 아내가 막 몸을 일으키려는데 두 사단장이 말렸다.

"가만 누워 계십시오. 우리가 남입니까?"

"예. 형수님, 그냥 누워서 피우세요."

두 사람은 스스럼없이 등나무 의자를 침대 가까이에 당겨다 앉았다.

"지금은 비상시국입니다."

바이 사단장이 엄숙한 얼굴로 말했다.

"형님이나 우리나, 이번에 까딱 잘못하면 쪽박 차는 수가 있어요."

왕자레이는 침대에서 몸을 일으키더니 고개를 끄덕이며 다음 말에 귀를 기울였다.

"지금 공산군도 중앙군도 우리 구이저우로 오려고 합니다. 마치 앞에서는 늑대가 달려들고 뒤에서는 호랑이가 쫓아오는 격이지요. 모두

우리가 여태 쌓아 놓은 걸 뺏으러 오는 겁니다. 무엇보다 교활한 장제스를 경계하지 않으면 안 됩니다! 이 말씀을 드리려고 오늘 이렇게 찾아왔습니다."

왕자레이는 잇달아 고개를 끄덕거리더니 두 손을 벌리며 한숨을 쉬었다.

"그렇기는 해도 어쩔 수 없잖나! 중앙군더러 오지 말라고 할 수도 없고."

"오겠다니 막을 수는 없지만 조심은 해야지요."

그러자 왕자레이의 아내가 고개를 돌리며 물었다.

"무슨 좋은 방법이라도 있어요?"

"좋은 방법이라고까지는 할 수 없지요."

바이 사단장이 웃으며 말했다.

"우리는 먼저 중앙군과 힘을 모아 공산당을 무찔러야 합니다. 반드시 치명적인 타격을 주어야 해요. 그러면서 비밀리에 사람을 광시, 광둥에 보내 그쪽 군대를 구이저우로 불러들여 중앙군을 견제하게 해야 합니다."

왕자레이는 고개를 끄덕이며 허 사단장에게 눈길을 돌려 의견을 물었다. 허 사단장이 몸을 바로잡으며 공손하게 말했다.

"저도 바이 형님과 같은 생각입니다. 군단장님께 도움이 될까 해서 말씀드리러 왔지요. 제가 따로 말씀드리고 싶은 것은 홍군이 장시에서 구이저우까지 죽 싸우며 왔다는 건 전투력이 있다는 증거입니다. 자칫 우리가 힘을 너무 써 버린다면 구이저우는 유궈차이와 허우즈단 손에 넘어갈 겁니다. 그거야 군단장님께서도 잘 알고 계시겠지요."

"그럼 자네는 어떻게 해야 한다고 생각하나?"

왕자레이가 물었다.

"저는 일을 잘 나눠야 한다고 봅니다. 이를테면 유궈차이를 우 강烏江 오강 남쪽으로 보내 구이저우 동부에서 홍군을 막으라고 하고, 허우즈단더러는 우 강 북쪽을 지키게 하는 것입니다. 그러면 우리는 동부의 오른쪽에 있다가 불리해지면 광시로 가면 되지요."

왕자레이는 놀란 얼굴로 허 사단장을 바라보았다. 그가 이처럼 좋은 궁리를 내놓을 줄은 몰랐던 것이다. 그는 금세 마음이 개운해져서 얼굴이 활짝 폈다.

"생각들이 모두 훌륭하니 내가 잘 고려해 봄세. 우리 형제들이 똘똘 뭉치면 방법이 생기기 마련이지."

바이 사단장은 얼른 맹세하듯 말했다.

"여부가 있겠습니까. 형님이 가시는 곳이라면 우리 동생들은 어디든 따라갈 겁니다. 함께 살고 같이 죽는다는 이 마음은 죽어도 변하지 않을 것입니다!"

"형님, 두고 봐 주십시오."

허 사단장도 가슴을 치면서 말했다. 왕자레이의 아내도 아편을 한참 빨고 나니 기운이 오르는지 일어나 앉아서 머리를 매만지며 한마디 거들었다.

"그래요. 잘해 보세요. 길은 생기기 마련이지요."

홍군은 구이저우로 들어가 젠 강劍河 검하, 전위안鎭遠 진원, 스빙施秉 시병, 위칭餘慶 여경과 타이궁臺拱 대공, 황핑黃坪 황평, 윙안瓮安 용안을 따라 진군했다. 비록 얼음에 박 밀 듯 나아간 것은 아니지만 크게 힘을 들이지도 않았다.

연말이라 날씨가 몹시 추웠다. 아직도 홑옷을 입은 사람이 더러 보이고 맨발로 걷는 사람도 있었지만 정신은 가뿐했다.

장시나 푸젠, 후난 같은 성에서 온 전사들은 구이저우 땅을 밟으며 몹시 신기해했다. 이곳은 소수 민족이 많았다. 먀오 족, 야오 족, 리 족黎族 여족, 이 족彝族 이족, 부이 족布依族 포의족, 둥 족, 바이 족白族 백 족……. 정말 누가 어느 민족인지 구별할 수 없을 정도였다. 어떤 큰 산에는 산 위, 산허리, 산 아래에 사는 민족이 저마다 달랐다. 장날이

되면 별의별 민족을 다 볼 수 있었다. 민족마다 옷차림과 장식이 서로 달라서 이채로웠다.

1934년 세밑, 중앙 종대는 허우창猴場 후장으로 들어갔다. 다음날인 1935년 새해 첫날, 홍군은 산비탈에 있는 높다란 저택에서 중앙 정치국 회의를 열었다. 보구와 리더는 여전히 2·6군단과 합류해야 한다면서 우 강을 건너 쓰촨·구이저우川黔 천검 근거지를 만드는 데 동의

하지 않았다.

　그러나 회의에서는 도망치려는 태도와 편안히 지내려는 마음가짐을
반대하며, 이 지역에서 전세를 뒤집어 쭌이를 중심으로 하는 구이저
우 북부에 소비에트를 세운 다음 쓰촨 남부로 뻗어 나가자고 단단히
결의했다.

　회의가 끝나자마자 천연 요새 우 강을 건너 적을 물리치고 쭌이를

점령하라는 명령을 발포했다.

홍군은 한시바삐 우 강을 건너야 했다. 쉐웨와 광둥·광시 군대가 뒤에서 쫓아오고 있어 만약 늦어진다면 강을 등지고 싸워야 하는 궁지에 빠질 수 있기 때문이었다. 다들 이곳에서 숨을 돌리고 잠시나마 쉬기를 바랐지만 홍군 전사들은 설을 쇠는 것마저도 포기할 수밖에 없었다.

우 강을 뚫는 일은 한둥팅에게 떨어졌다. 팔에 입은 상처는 다 나은 것이나 다름없었지만 날이 궂으면 쿡쿡 아렸다. 한둥팅네 연대는 샹강 전투에서 사상자가 너무 많아 다른 연대와 합하여 연대 하나로 재편성했다.

연대 정치위원 황쑤黃蘇 황소는 한둥팅이 다시 돌아오자 몹시 기뻐했다. 황쑤는 중학교를 졸업해 아는 것이 많고 배우기를 좋아했다. 게다가 부지런하고 세심한 사람이었다. 이런 황쑤와 용맹하고 단호한 성격의 한둥팅은 잘 맞는 짝이었다.

섣달 그믐날 밤에 이 연대는 우 강에 있는 장제허江界河 강계하 나루터에 이르렀다. 그들은 곧 강을 건널 만한 배가 있나 찾아 나섰지만 허탕 치고 말았다. 배라는 배는 모두 적들이 빼앗아 간 것이다.

이튿날 아침 한둥팅과 황쑤는 참모 몇 사람을 데리고 강가로 정찰을 나갔다. 하늘은 몹시 흐렸고 하늬바람이 세차게 불면서 눈꽃이 흩날렸다. 날이 몹시 추웠다. 다행히 한둥팅과 황쑤는 적한테서 빼앗은 털옷을 입어 그런대로 괜찮았지만 홑옷 차림의 참모와 호위병들은 젊음 하나로 추위를 견뎌야 했다.

그들은 오두막 몇 채가 늘어선 산비탈에 이르러 아래를 내려다보았다. 안개구름이 낮게 드리워 흐리터분한 골짜기 밑으로 검푸른 강물이 보였다.

강 양쪽 산은 울창한 숲으로 뒤덮여 있고 깊은 골짜기 아래 강물은 어두침침하고 을씨년스러워서 마치 검은 용이 가파른 고개 사이를 질러가는 것 같았다. 강폭은 이백 미터가 채 되지 않았다. 강 양쪽은 깎아지른 듯한 절벽이고 나루터가 있는 쪽만 좀 완만했다. 한둥팅과 황

쑤는 모두 망원경을 꺼내 들고 자세히 살펴보았다.

강 건너 뾰족한 산봉우리 네 개에는 평평한 곳마다 적들이 만들어 놓은 사격 진지가 어렴풋이 보였다. 산허리에도 황급히 손을 본 듯 한 사격 진지가 나루터를 굽어보고 있었다. 사단 정찰대는 주창猎場저장과 나루터를 구이저우 군대 허우즈단의 두 개 연대가 지키고 있다고 보고했다.

"이보게, 어떻게 하면 좋겠나?"

황쑤가 망원경을 거두고 웃으며 물었다. 황쑤는 작달막한 키에 생

기 넘치는 사람이었다. 조그만 눈은 밝게 빛났고 항상 맑은 기운이 흘렀다. 한둥팅은 대답을 아꼈다. 그는 마치 골짜기 하나, 봉우리 하나를 모두 마음속에 새겨 넣으려는 듯 뚫어지게 보았다.

"저기 구불구불한 오솔길 보이지?"

그는 망원경을 내리지 않은 채 한쪽을 가리켰다. 황쑤는 다시 망원

경을 들고 한참 보더니 말했다.

"오솔길이라니? 어디 오솔길이 있다는 건가?"

"참, 황 동지. 시력에 문제가 있구만."

한둥팅이 입을 삐죽이며 타박을 했다.

"저기 상류 쪽을 봐요. 사격 진지에서 천 미터쯤 떨어진 곳에 난 건

오솔길이 아니고 뭔가? 산에 걸어 놓은 듯한 저 길 말이야."

"아, 보이는군. 똑똑히 말해야 알지!"

한둥팅은 망원경을 거두더니 나루터에서 이 리쯤 떨어진 곳을 다시 가리켰다. 그곳은 강폭이 좁고 강기슭도 비교적 험했다. 한둥팅이 말했다.

"나루터는 적들이 방어를 하는 중심이지. 이곳은 비탈이 가파르지 않으니 적들은 우리가 여기로 공격할 거라고 짐작하고 있을 거야. 그러니 우리는 이곳을 거짓 공격 지점으로 삼는 게 좋겠어. 군사 위원회에서 여기다 다리를 놓으라고 하니, 우리는 여기에 다리를 놓는 것처럼 하면서 상류의 저 오솔길 아래로 기습하자고."

말을 마치고 그는 기대에 차서 황쑤를 바라보았다. 마치 '어떤가? 되겠나?' 하고 묻는 것 같았다.

"생각은 참 좋은데 말이야."

황쑤가 망설이더니 웃으며 말했다.

"그런데 대체 뭘로 강을 건넌단 말인가?"

"그거야 자네가 궁리를 잘해 보아야지."

"안 그래도 어젯밤 마을 사람들을 만나 알아보았네. 사람들 말이 우강을 건너려면 우선 배가 있어야 하고, 날씨가 좋아야 하고, 또 솜씨 좋은 사공이 있어야 한다더군. 그런데 우리는 배가 한 척도 없다구. 내가 생각해 낸 방법은 뗏목을 엮는 건데 말이야. 여기선 마땅한 재료를 구할 수가 없어. 나무를 베어 오려니 너무 먼 곳에 있고 품이 많이 들어 시간도 안 돼. 2중대에는 간 강贛江 감강 둘레에서 자란 사람이 많아 내가 2중대장더러 방법을 생각하라고 해 놓았지."

황쑤는 한숨을 길게 내쉬며 말을 맺었다.

두 사람은 건너편에 있는 뾰족한 산봉우리 네 개와 발아래 검은 용 같이 검푸른 강물을 바라보았다. 자욱한 구름안개에 싸인 우 강은 더욱 신비롭고 가늠하기 어려워 보였다. 눈은 갈수록 펑펑 쏟아졌다. 강 건너 산봉우리들은 벌써 흰색으로 덮여 버렸다. 어깨에도 어느새 눈이 두툼하게 쌓였다.

뒤에서 권총을 찬 홍군 간부 한 사람이 다가왔다. 그는 한둥팅과 황쑤 앞으로 오더니 깍듯하게 인사를 했다.

"저는 군사 위원회 공병 대대 중대장 딩웨이丁緯 정위입니다. 명령을 받고 여기에 다리를 놓으러 왔습니다."

스물네댓쯤 돼 보였는데, 아주 두꺼운 안경을 쓴 젊은이였다. 두 사람은 반가운 마음에 딩웨이의 손을 덥석 잡았다.

"동지, 어젯밤에 급히 왔다면서요?"

한둥팅이 물었다.

"그렇습니다."

딩웨이가 고개를 끄덕이며 강을 가리켰다.

"어제 강물에 들어가 재 보았는데 강폭은 이백오십 미터이고 강 한가운데 깊이는 육칠 미터, 물의 속도는 초속 이 미터쯤 됩니다."

"그래, 다리를 어떻게 놓을 작정입니까?"

한둥팅이 거무스레한 얼굴을 돌려 물었다.

"지금 저희도 방법을 생각하고 있습니다."

딩웨이가 대답했다.

"어제 제가 홍군 학교 공병학부에 들러 보았습니다. 공병 교원이 두꺼운 책 몇 권을 가져다 주길래 찾아봤는데 책에는 초속 이 미터가 넘으면 다리를 놓을 수 없다고 돼 있더군요. 게다가 지금 우리한테는 아무 재료도 없지 않습니까. 벌레를 잡으려 해도 거미줄이 있어야지요."

공병 중대장이 와도 별 뾰족한 수가 없자 사람들은 서로 얼굴만 바라볼 뿐 할 말을 찾지 못했다. 북풍에 사나운 물결 소리만 애꿎게 실려 왔다.

이때 키가 껑충하고 비쩍 마른 2중대 중대장이 오더니 힘 있게 경례를 붙이고는 기운차게 소리쳤다.

"보고드립니다, 연대장 동지, 정치위원 동지! 우리 중대에 강을 건널 수 있는 방법을 내놓은 전사가 있습니다."

한둥팅과 황쑤는 금방 눈에 환한 빛이 돌았다.

"진위라이金雨來 김우래 동지, 어서 말해 보세요. 어떤 방법입니까?"

"그 전사를 데리고 왔는데 직접 들어 보십시오."

진위라이는 자신 있게 말하더니 고개를 돌리고 손을 저었다.

"양얼랑楊二郎 양이랑, 어서 와요."

"중대장 동지, 수장들 앞에서도 농담을 하시면 어떡합니까. 그러다 진짜 얼랑 신二郎神 이랑신이 노하십니다!"

얼굴이 동글동글하게 생긴 전사가 투덜거리며 다가왔다. 그는 경례를 하고 나서 웃으면서 덧붙였다.

"이분들이 멋대로 별명을 지은 겁니다. 저는 양미구이楊米貴 양미귀라고 합니다."

"진짜 이름이 뭐라고?"

한둥팅은 이름을 똑바로 듣지 못했는지 되물었다.

"미구이입니다. 제가 태어나던 해에 큰 흉년이 들었는데, 쌀이 귀한 때에 태어났다고 어머니가 이런 이름을 지어 주셨습니다."

한둥팅과 황쑤는 하하하 웃음을 터뜨렸다. 첫눈에 성격이 밝고 재미있는 전사라는 것을 알 수 있었다.

양미구이는 다 해져서 너덜너덜한 군복을 입고 맨발에 낡은 헝겊을 싸매고 있었는데 참 보기가 딱했다. 자기도 쑥스러운지 멋쩍게 웃었다. 한둥팅이 보다 못해 얼굴을 찡그리며 물었다.

"발이 부어서 신발을 신을 수 없는 겁니까?"

양미구이가 쓴웃음을 지으며 말했다.

"연대장 동지가 말편자를 몇 번 갈았는지 생각해 보시면 제가 왜 신을 신지 않았는지 알 수 있을 겁니다."

"거참 맹랑한 동지로군!"

한둥팅은 호위병을 보고 말했다.

"나한테 짚신 남는 게 있으면 미구이 동지한테 한 켤레 주도록 해요."

호위병은 내키지 않는 얼굴로 가방을 들추어 짚신을 꺼냈다.

"고맙습니다, 수장 동지"

양미구이는 예의를 차리느라 물리는 인사 한마디 없이 짚신을 냉큼 받아 쥐고는 발에 감았던 헝겊을 풀었다. 그런데 짚신을 신으려고 허리를 굽히자 군복 안으로 빨간 여자 솜옷이 드러났다.

"미구이, 안에 그 옷은 뭐지?"

한둥팅이 웃으며 놀렸다. 양미구이는 대뜸 얼굴이 빨개지더니 다급하게 옷을 아래로 당기면서 한숨을 쉬었다.

"정말 어쩔 수 없었습니다. 우리가 추위에 떨고 있으니까 몰수 위원회에서 호족한테서 빼앗은 옷을 나눠 줬는데 남자 옷은 금세 다 떨어지고 남은 거라곤 이 옷밖에 없었거든요. 옷을 나눠 주던 동지들이 저한테 이거라도 입겠느냐고 물어서 사람이 얼어 죽게 되었는데 여자옷, 남자 옷 가리게 생겼냐고 했지요. 놈들 때문에 우리 홍군이 어떤 처지가 됐는지 좀 보시라구요. 나중에 장제스 그놈을 잡으면 절대로 가만두지 않을 겁니다!"

사람들은 또 한바탕 웃음을 터뜨렸다. 황쑤가 이내 웃는 얼굴을 가다듬으며 물었다.

"그런데 동지. 우리가 우 강을 건너려면 어떻게 해야 합니까?"

"예. 뗏목을 묶으면 됩니다."

양미구이는 자신 있게 말했다. 그는 산비탈 위에 눈을 잔뜩 떠멘 채서 있는 대나무 숲을 가리켰다.

"보세요. 재료가 얼마든지 있으니 우 강을 열 번도 더 건널 수 있습니다."

황쑤는 작은 눈을 즐겁게 반짝이며 중얼거리듯 말했다.

"그러면 재료를 찾느라 돌아다니지 않아도 되겠군."

"그런데 동지가 뗏목을 엮을 줄 압니까?"

양미구이가 웃으며 대꾸했다.

"우리 아버지는 간 강에서 뱃사공을 오래 했습니다. 저는 어려서부터 대나무로 이것저것 만드는 일을 거들었지요."

"잘됐군요."

한둥팅과 황쑤가 들뜬 목소리로 말했다.

"뗏목으로 부교를 놓아도 될까?"

공병 중대장 딩웨이도 끼어들었다. 양미구이가 꼭 전문가라도 된

것 같았다.

"됩니다. 지네 다리를 만들면 되지요."

"지네 다리라니?"

"대나무 뗏목을 지네처럼 하나하나 이어 놓는 겁니다. 하지만 대오

리 밧줄이 있어야 합니다. 대오리 밧줄도 제가 만들 줄 알아요. 대나무 껍질을 벗겨서 밧줄로 꼬면 되는데 그건 물에 젖으면 더 튼튼하지요.”

공병 중대장은 좋아서 입을 다물지 못했다. 한둥팅은 흥분해서 양미구이의 어깨를 툭 치면서 말했다.

“우 강에서 동지 같은 사람을 만날 줄은 정말 몰랐군. 각 중대에서 사람을 뽑아 오면 동지가 조선 사령관을 맡도록 해요.”

중대장 진위라이는 2중대에서 이렇게 중요한 일을 맡게 되자 어깨가 으쓱했다.

“수장 동지, 걱정 마십시오. 제가 알아서 꾸리겠습니다.”

한둥팅이 나루터를 가리키며 딩웨이에게 지시했다.

“이곳은 거짓 공격을 할 자리이니 여기에 다리를 놓읍시다!”

이때 꽝 하는 소리와 함께 박격포 포탄이 꽤 가까운 곳으로 떨어졌다. 비구름 속에서 푸른 연기가 짙게 솟아올랐다. 이어 따따따따 하고 기관총 소리가 울렸다. 오두막 곁에 있는 큰 나무에서 나뭇가지가 후두둑 떨어졌다.

“적들이 우릴 발견했어요! 어서 흩어져서 저마다 할 일을 합시다.”

한둥팅이 말했다.

양미구이는 열 사람 남짓한 전사들을 데리고 대숲에서 대나무를 베고 묶고 날랐다. 몸에서는 눈 녹은 물이 뚝뚝 떨어졌다. 양미구이는 진짜 조선 사령관처럼 끊임없이 사람들에게 이것저것 일깨워 주며 돌아다녔다. 그는 원칙이 아주 분명했다.

“동지들, 수대나무를 다 베어 버려서는 안 됩니다!”

“수대나무라니? 양얼랑, 그럼 암대나무도 있단 말인가?”

사람들이 왁자그르르 웃었다.

"웃지 말아요. 확실히 대나무는 암수가 있습니다! 제가 어릴 때부터 봐서 잘 안다구요."

양미구이가 웃음기를 거두고 말했다. 그는 사람들을 데리고 어느 것이 수대나무이고 어느 것이 암대나무인지 찬찬히 가르쳐 주었다.

"만약 우리가 수대나무나 암대나무를 다 베어 버리면 이 대숲은 사라지고 말지요. 그럼 인민들은 어쩝니까? 설사 지금은 호족 것이라고 해도 앞으로는 가난한 사람들에게 나누어 줄 게 아닙니까."

"듣고 보니 그렇군. 자네 말이 맞아."

사람들이 너도나도 맞장구를 쳤다.

"그러니 우리는 여러 대 건너 하나씩 베면서 암대나무도 남기고 수대나무도 남겨야 합니다."

대나무를 베고 나서는 뗏목 엮는 법을 가르쳐 주었다. 뗏목을 다 엮고 나더니 또 소리쳤다.

"그냥 가져가면 안 됩니다! 머리를 불에 달구어 들리게 해야 해요. 그래야 배가 물살을 잘 가르고 나갈 수 있습니다."

점심 무렵이 되자 머리가 건뜻 들린 뗏목이 완성되었다. 푸르스름한 빛이 도는 날렵한 생김새가 제법 그럴싸했다.

한둥팅과 황쑤, 진위라이는 싱글벙글 입을 다물지 못했다. 그들은 여기 한번 찔러 보고 저기 한번 만져 보고 하더니 뗏목을 만든 전사들을 보면서 환하게 웃었다. 한둥팅이 진위라이에게 고개를 돌리며 물었다.

"강을 건널 사람은 뽑았습니까?"

"진작 뽑아 놓았습니다."

　진위라이가 대답했다.

　"지원한 사람이 많았는데 여덟 사람만 골랐습니다. 건너갈 수 있을
지 먼저 시험해 봐야지요."

　"좋습니다. 그럼 데려오세요."

　황쑤가 말했다.

전사 일곱 사람이 소대장을 따라 달려오더니 한둥팅 앞으로 죽 늘어섰다. 여덟 사람 모두 무장은 잘 갖췄지만, 네 사람은 평복을 입은 채였다. 두루마기를 입은 사람이 있는가 하면 중절모자를 쓴 사람도 있었다. 역시 중앙 소비에트 구역의 유격대보다 허술했다. 하지만 소비에트 구역을 떠난 뒤 두 달 남짓 지나는 동안 날마다 걷기만 하고 보급을 받지 못했으니 이럴 수밖에 없었다. 한둥팅은 막중한 임무를 맡고도 덤덤한 척하려 애쓰는 전사들이 든든했다.

"동지들은 모두 헤엄을 칠 줄 알겠지?"

황쑤가 물었다.

"모두 간 강 둘레에서 자란 사람들입니다."

진위라이가 웃으며 말했다.

"이 강을 보니 간 강보다 넓지는 않은데요."

중절모자를 쓴 사람이 팔랑거리는 눈송이를 바라보면서 예사롭게 말했다.

"그런데 날씨가 말이 아니군요."

황쑤는 그들을 바라보면서 엄숙하게 부탁했다.

"동지들, 책임이 무겁습니다. 만약 우리가 우 강을 건너지 못한다면……."

"예. 저희도 잘 알고 있습니다!"

"수장 동지, 마음 놓으십시오!"

전사들이 앞다투어 말했다. 한둥팅이 손을 내저으며 말했다.

"그럼 시작하세요. 내가 엄호하겠습니다."

전사들은 뗏목을 메고 강가로 나갔다. 한둥팅과 황쑤는 둔덕 뒤에 숨어서 상황을 살폈다. 골짜기는 여전히 안개가 짙게 깔린 채, 진눈깨비가 자욱하게 날리고 있었다. 북풍에 울부짖는 물결 소리가 사람의 마음을 세차게 흔들었다.

적들이 총을 쏘아 대자 홍군도 중기관총으로 적의 사격 진지에 있는 화구를 겨누고 정확하게 탄알을 퍼부었다. 저마다 다른 옷을 입은 홍군 전사 여덟 사람은 날쌔게 뗏목을 강에 밀어 넣고 위에 올라타더니 삿대와 장대로 젓기 시작했다. 뗏목은 십 미터쯤 가는가 싶더니 급류에 밀려 나와 버렸다. 전사들은 뗏목에서 내려 다시 뗏목을 안으로 밀어 넣는 수밖에 없었다. 한둥팅은 자꾸 이마를 찌푸렸다. 뗏목이 강 기슭을 한참 벗어나서야 얼굴이 조금 폈다.

한둥팅과 황쑤의 마음은 물결 속에 가라앉았다 떠올랐다 하는 뗏목을 따라 수없이 오르내렸다.

뗏목은 점점 강 한가운데로 나갔다. 갑자기 뗏목이 제자리에 뚝 멈춰 서서 움직이지 않았다. 몇 사람이 일어서서 뭘 하는가 싶더니 그 순간 뗏목이 격류에 휘말려 들어갔다.

"이런! 누가 물에 빠졌나 보군."

황쑤가 놀라 소리쳤다. 뗏목이 무엇에 걸렸는지 거의 곧추서서 움직이지 않았다. 둘레로 흰 물거품이 흩날렸다. 다급히 망원경을 들고 보니 뗏목에는 사람이 하나도 없고 뗏목 곁으로 떴다 가라앉았다 하는 검은 점 일여덟 개가 어스름히 보였다. 뗏목은 어느새 거센 물살에 실려 쏜살같이 떠내려갔다. 하지만 검은 점들 몇 개는 여전히 물결 속에서 흐느적거리고 있었다. 곧 검푸른 물결과 자욱한 진눈깨비 때문에 아무것도 보이지 않았다.

"잘못됐군!"

황쑤가 실망해서 말했다. 한둥팅이 망원경을 내리고 정치위원을 보니 망원경을 든 손이 살짝 떨렸다. 붉은 별을 단 모자 둘레는 땀이 흥건했다. 속이 타기는 한둥팅도 마찬가지였다.

"동지들이 건너가지 못했습니다."

진위라이가 저쪽 둔덕 뒤에서 달려왔다. 그는 마치 자기 잘못이라

도 되는 듯이 풀이 죽어 있었다. 한둥팅과 황쑤는 아무 말도 하지 않았다.

"뗏목이 또 있으니 다시 건너 보겠습니다."

진위라이가 말했다.

"아닙니다. 밤에 다시 해 보는 게 좋겠어요."

한둥팅은 황쑤를 보며 말했다. 황쑤는 무거운 얼굴로 고개를 끄덕였다.

"강 하류로 사람을 보내서 동지들이 모두 무사한지 찾아보세요."

눈은 멎을 생각을 하지 않고 갈수록 펑펑 내렸다. 하늬바람도 더 거세졌다. 강 건너에 있는 뾰족한 산봉우리들은 짙은 안개 속에 파묻혀 버렸다. 강물은 흐리터분해서 아무것도 보이지 않았다. 우 강은 더욱 넓고, 한결 신비하고, 도무지 가늠할 수 없어 보였다.

연대 지휘부는 산비탈에 있는 마을에 마련되어 있었다. 아침에 지형을 살피던 그곳이었다. 한둥팅과 황쑤가 문에 들어서자 당직을 서던 참모가 보고를 했다.

"금방 본부에서 류 총참모장 동지가 전화를 걸어 왔습니다."

"류 참모장이 손수 걸었나?"

한둥팅이 눈을 반짝이며 물었다.

"그렇습니다."

"뭐라고 합니까?"

"강을 건너는 일이 어떻게 됐느냐고 물으셔서 제가 보고했습니다."

"다른 지시는 없었나?"

"적의 공격을 뚫고 다리를 놓으려면 사상자가 많이 날 테니 천천히 해도 된답니다. 믿음을 잃지 말고 해 보되, 깊은 밤이 대낮보다 나을 거라고 했습니다. 또 쉐웨와 저우훈위안의 추격 부대가……."

"그 개 같은 쉐웨란 놈이 어디까지 왔답니까?"

"스빙, 황핑, 핑웨平越 평월에 이르렀고 웡안, 위칭으로 진군하고 있다고 합니다."

"그럼 하루면 닿을 거란 말이군."

"네. 그래서 왕자레이가 전보를 보내 우리 홍군을 우 강 이남에서 무찔러야 하니 쉐웨더러 빨리 빨리 서쪽으로 진격하라고 자꾸 다그친

답니다."

한둥팅은 이마를 찡그리고 한참을 생각하더니 고개를 돌려 황쑤를 보았다.

"황 동지, 오늘 밤에 움직입시다."

황쑤는 한동안 생각하고는 신중하게 대답했다.

"밤에 한번 다시 시험해 보지요. 내일 새벽 네 시에 다시 강을 건너도록 합시다. 그러려면 준비를 꼼꼼히 잘해야 합니다."

"좋습니다. 그렇게 하지요."

한둥팅은 무릎을 탁 치면서 말했다.

겨울이라 날이 빨리 저무는 데다가 안개까지 짙게 깔려서 오후 네 시도 되지 않아 벌써 어렴풋이 어둠이 깃들었다. 비는 여전히 그치지 않았고 우 강은 낮보다 더 무시무시하게 울부짖었다. 이때 진위라이가 대나무를 엮어 만든 뗏목을 들쳐 멘 돌격대를 거느리고 연대 지휘부로 왔다.

"보고드립니다, 연대장 동지, 정치위원 동지! 돌격대가 왔습니다."

진위라이가 쟁쟁한 소리로 외쳤다. 한둥팅이 그들을 훑어보고는 고개를 갸웃거렸다.

"돌격대는 여덟 사람 아닙니까? 왜 한 사람이 빠졌지?"

"빠진 사람은 없습니다. 저도 갑니다."

진위라이가 웃으며 대답했다.

"동지도 간다고?"

황쑤가 눈이 휘둥그레져서 물었다.

"소대장이 거느리고 간다지 않았습니까?"

"제가 그만두라고 했습니다."

진위라이가 대답했다.

"말라리아가 금방 나았는데 이렇게 지랄 같은 날씨에 강물에 들어섰다가 괜히……. 그리고, 오전에도 잘 안됐는데 이번에도 문제가 생기면 우리 2중대는 어떻게 얼굴을 들고 다니겠습니까."

그는 고개를 숙였다.

"동지는 중대를 책임지고 지휘해야 하는 사람입니다."

한둥팅이 눈을 부릅떴다.

"괜찮습니다."

진위라이가 웃으며 대답했다.

"때가 되면 부중대장, 1소대장이 모두 해낼 수 있습니다."

그는 '때가 되면'이라고 말하며 눈을 내리깔았다. 얼른 결심이 안 서는지 한둥팅도 쉽게 대답을 하지 않았다. 황쑤도 연대장을 보면서 아무 말이 없었다.

"연대장 동지가 늘 말씀하시지 않았습니까. 우물쭈물하지 마십시오. 저는 이미 결심을 굳혔습니다."

황쑤가 눈짓을 하자 한둥팅은 그제야 주먹을 휘두르며 말했다.

"좋습니다. 가세요. 사람 참!"

그러더니 호위병 쪽으로 고개를 돌렸다.

"왕王 왕 동지, 내 물통 좀 주지."

호위병은 몸에서 묵직한 군용 물통을 벗어 주었다. 한둥팅은 물통을 받아 마개를 열고 냄새를 맡아 보더니 씩 웃었다.

"이건 내가 리핑에 있는 술집에서 산 건데 아직 마시지 않았어요.

오늘은 1935년 양력설이고 또 동지들이 중요한 임무를 수행하러 가는
날이기도 하니 내가 한턱내지. 자, 다들 내 술 한 잔씩 받으세요.”

진위라이가 먼저 법랑 밥그릇을 꺼내 들자 다른 전사들도 주섬주섬
술잔으로 삼을 만한 그릇을 찾기 시작했다. 그런데 그때 구석진 곳에
가만히 서 있는 사람이 있었다. 한둥팅이 술병을 들고 다가가 보니 양

미구이였다.

"누군가 했더니 조선 사령관이구만. 동지도 가고 싶습니까?"

"뗏목은 열 개쯤 엮어 놨으니 넉넉할 겁니다."

양미구이가 웃으며 말했다.

"배를 만드는 일도 그렇지만 젓는 데도 경험이 있어야 합니다. 저는 어릴 적부터 해 왔지요."

"그런데 동지, 밥그릇은 어쨌습니까?"

"우리 아버지가 술은 마시지 말라고 하셨습니다."

양미구이가 진지하게 대답했다.

"제가 집을 떠날 때 '얘야, 오입하지 말고 도박판에 끼지 말고 술을 멀리해야 한다.' 하고 신신당부하셨습니다."

"바보 같이⋯⋯."

한둥팅이 군용 물통을 들고는 고개를 젖히며 크게 웃었다.

"지금 때가 어느 땝니까! 일은 제법 야무지게 하는 사람이 겨울 강물에 사람 뼈 에이는 건 왜 모릅니까? 견딜 수 없어요. 그 매운맛을 내가 알지요. 오전에 그 여덟 전사가 술만 좀 마셨더라도 그렇게 되지는⋯⋯. 내가 생각이 짧아서 미처 못 챙겼습니다."

한둥팅은 눈시울을 붉히고 말았다.

"술병을 들고 무슨 말이 그렇게 많습니까? 어서 따르세요, 동지."

정치위원은 출정을 하기도 전에 전사들의 사기를 꺾을까 봐 한둥팅의 말허리를 끊고 밥그릇을 내밀었다.

"저도 좀 주십시오."

진위라이도 청했다. 한둥팅은 차례로 전사들의 밥그릇에 술을 따라 주었다. 그러더니 자기도 반 그릇쯤 따라서 사람들에게 내밀어 보이고는 죽 들이켰다.

"구이저우가 가난한 고장이기는 해도 술은 정말 잘 빚는단 말이야."

한둥팅은 순식간에 얼굴이 불긋해졌다.

"우리 연대 사람들은 내가 얼마나 술을 좋아하는지 잘 알지. 뭐, 전

사단, 전 군단에 소문이 파다할 거예요. 그런데 다들 내가 왜 술을 좋아하는지는 모르고 있는 것 같아. 이게 다 광부로 일할 때 버릇이 몸에 배서 그렇다니까. 석탄을 캐려면 갱에 들어가 밧줄을 어깨에 메고 알몸으로 짐승처럼 땅을 기어 다녔어요. 사람이 할 일이 아니었지. 마시지 않고서는 살 수가 없었지요."

"자, 시간이 되지 않았습니까?"

황쑤가 시계를 보며 말했다.

"어서 강가로 갑시다!"

사람들은 뗏목을 메고 산비탈을 따라 강가로 갔다. 한둥팅과 진위라이가 뒤에서 걸었다. 산길이 미끄러워 빨리 갈 수가 없었다.

"진위라이!"

연대장이 부르는 소리에 그는 고개를 돌리고 걸음을 멈추었다.

"절대 조심해야 합니다. 무슨 상황이 닥치든 침착해야 돼요. 무작정 덤비지 말고."

"네. 연대장 동지!"

진위라이가 굳은 얼굴로 대답했다.

"목숨이 붙어 있는 한 임무를 완수할 겁니다. 제가 죽으면 어머니에게 소식을 전해 주십시오."

"동지는 장시 싱궈 사람이지?"

"그렇습니다."

"집에 또 누가 있나?"

"어머니 혼자 계십니다. …… 우리 삼 형제는 다 홍군에 들어왔지요. 어머니는 제가 입대할 때 무척 기뻐하셨습니다. 둘째도 그랬지요.

그런데 셋째는 아쉬워하셨어요. 너무 외로웠던가 봅니다. 그런 걸 제가 억지로 설득해서 입대시키는 바람에 어머니 홀로 남았습니다."

강물 소리는 폭포처럼 거세어졌다. 한둥팅은 진위라이의 마지막 몇 마디는 똑똑히 듣지 못했다. 그들은 벌써 골짜기를 다 내려가 사람들이 호랑이 굴이라고 부르는 곳에 닿았다. 강물이 세차게 굴 벽을 두드리는 곳에서는 마치 북소리처럼, 낮게 깔린 우렛소리 같은 물소리가 났다. 전사들은 마을 사람들이 배를 띄울 만한 데라며 귀띔해 준 곳에 뗏목을 띄웠다.

"기슭에 올라가면 꼭 신호를 보내야 합니다."

한둥팅이 손나팔을 만들어 가며 힘껏 외쳤다.

"좋은 소식 기다리겠습니다."

황쑤도 소리쳤다.

"수장 동지들, 마음 놓으십시오!"

진위라이와 전사들이 뗏목 위에서 대답했다. 노 젓는 소리가 얼마쯤 들려왔지만 곧 아무 소리도 들리지 않았다. 삽시간에 모든 것이 캄

캄한 어둠 속으로 사라져 버렸다. 오직 바람 소리와 세찬 물결 소리만
남았다.

　한둥팅에게는 한없이 애타는 밤이었다. 진위라이더러 반대쪽 강기
슭에 닿게 되면 손전등을 깜박이라고 미리 말해 두었지만 한 시간……
두 시간……, 눈이 아프도록 지켜보아도 아무것도 보이지 않았다. 오
른쪽에서 왼쪽으로, 왼쪽에서 오른쪽으로, 긴 강기슭을 애타게 바라
보았지만 그저 깜깜하기만 했다. 자정이 되면서 오싹한 추위가 몰려
왔다. 진눈깨비에 옷이 푹 젖어 몸이 부르르 떨렸다.

　"기어이 탈이 났나 보군. 여덟 사람이 또 잘못됐어."

　한둥팅은 마음이 오그라드는 것 같았다. 진위라이를 괜히 보냈구나

후회스러웠다. 그렇다면 새벽에 하기로 한 공격을 해야 하는가 말아야 하는가, 이것도 당혹스러운 일이었다. 새벽 한 시쯤 본부에서는 동이 트면 쉐웨와 저우훈위안이 이끄는 추격 부대가 계속 뒤쫓아 올 것이라는 소식을 보내왔다. 한둥팅과 황쑤는 결단을 내렸다.

작전대로 1대대를 돌격대로 삼아 어둠 속에서 뗏목 일흔 개를 강기슭으로 옮겼다. 날이 희붐하게 밝아 오면서 검푸른 강물이 어렴풋이 보이자 중기관총, 경기관총 들이 엄호 사격을 퍼부었다. 홍군 전사들은 뗏목에 뛰어올라 강물을 가르며 전진했다. 뗏목들이 강 한가운데를 넘어서자 한둥팅이 흥분해서 외쳤다.

"잘하고 있습니다, 동지들! 힘을 내세요!"

맨 앞에서 달리던 뗏목이 강기슭에서 오십 미터도 안 되는 곳에 이르렀다. 금세 반대쪽에 닿을 듯한 기세였다.

"그런데 한 동지. 적들이 왜 저 아래로 총을 쏴 대는 거지?"

황쑤가 망원경으로 강 건너편을 바라보며 고개를 갸웃거렸다.

"그게 무슨 말이지? 아래에 대고 총을 쏘다니."

"아무래도 벼랑 아래에 사람이 있나 보군."

한둥팅이 망원경을 받아 들었다. 적들이 정말 벼랑 아래쪽으로 총을 쏘아 대고 있었다. 그 틈을 타 뗏목이 강기슭에 이르렀다.

푸름하게 밝아 오는 아침 빛을 뚫고 삽시간에 적의 진지 둘레에서 수류탄이 터지며 연기가 치솟아 올랐다. 적들은 정신없이 참호를 뛰쳐나와 산꼭대기로 도망치고 있었다. 홍군 전사들은 죽 늘어선 떡갈나무 가장자리를 따라 부지런히 쫓아갔다.

뒤따르는 부대가 곧 강기슭에 닿았다. 그 뒤로도 자그마한 뗏목들

이 앞서거니 뒤서거니 반대편 강기슭으로 질주하고 있었다. 한둥팅은
막 떠나려는 뗏목에 아직 자리가 남은 것을 보더니 정치위원을 툭 치
며 말했다.

"황 동지, 여길 좀 맡아 주세요. 나는 가 봐야겠습니다."

황쑤가 미처 붙잡기도 전에 그는 뗏목에 뛰어올랐다. 호위병과 참
모도 같이 올라탔다.

"황 동지, 적들의 반격을 조심해야 합니다. 잊지 말고 지원 사격을
해 주세요."

그는 뱃머리에 서서 손을 저으며 소리쳤다.

"어이구, 저 성질머리하고는……."

황쑤가 웃으면서 고개를 저었다. 뗏목은 어느새 검푸른 안개비가 자욱한 강물 속으로 미끄러져 갔다.

전투는 생각 밖으로 빨리 끝났다. 한둥팅이 올라갔을 때는 홍군이 벌써 적들의 주요 진지를 점령한 뒤였다.

한둥팅 일행이 한결 여유롭게 산허리 푸른 벽돌로 쌓은 사격 진지 앞을 지나는데 반가운 얼굴들이 보였다. 모제르총을 든 진위라이와 2

중대 전사들이 포로 수십 명을 사로잡아 사격 진지 문으로 나오고 있었다. 한둥팅이 놀라며 물었다.

"진위라이, 동지가 왜 여기 있지?"

"보고드립니다, 연대장 동지. 어젯밤 강을 건넜지만 적들 때문에 어쩔 수 없이 산 밑에 숨어 있었습니다."

"왜 신호를 보내지 않았습니까?"

"손전등을 붉은 천으로 감아 한 번 돌렸는데 곧 적들이 우리 머리 위에서 곡괭이로 뭘 파는 소리가 쟁강쟁강 나는 바람에 더 해 볼 엄두를 못 냈습니다."

"그런 것도 모르고 우리는 속만 태웠습니다."

한둥팅은 진위라이의 가슴을 툭 쳤다.

"우린 동지들이 잘못된 줄 알았어요."

진위라이가 으쓱한 얼굴로 씩 웃었다. 곁에 선 양미구이도 몸에 총 여러 자루를 걸머진 채 싱글벙글거렸다.

"동지, 어제 내가 따라 준 술이 힘을 좀 썼지?"

"그러게요."

양미구이가 웃으며 말했다.

"우리 전사들은 말똥구리가 오물덩이를 굴릴 때처럼 서로 꼭 껴안고 밤을 샜습니다. 그 술이 아니었다면 아마 동태가 되었을 겁니다."

포로들은 저마다 얼굴이 누렇고 꾀죄죄했다. 다들 회색 군복에 각반을 차고 대나무로 짠 짐 꾸러미를 지고 대광주리를 들고 있었다.

"몇 사람한테 포로를 맡기고 어서 대대장더러 적을 뒤쫓으라고 하세요."

"예!"

진위라이는 몇 사람을 남겨 놓고 모제르총을 들고 앞으로 달려 나갔다.

한둥팅이 장제허 나루터 동쪽 기슭에 이르러 보니 벌써 긴 지네 다리가 강 한가운데까지 놓여 있었다. 공병 중대 사람들 몇이 건너와서 강기슭에 강을 가로지르는 굵은 대오리 밧줄을 비끄러매고 있었다. 그러면 일이 한결 수월하고 빨라질 거라고들 했다.

한둥팅이 한창 구경하고 있는데 사람들 틈에서 누군가 걸어 나왔다. 딩웨이였다.

"됐습니다. 진지를 점령했으면 됐지요. 어제 적의 공격 때문에 공사를 하면서 열 사람쯤 희생되었습니다."

딩웨이는 기분이 무척 좋아 보였다.

"다리 놓는 속도가 이렇게 빠를 줄은 생각도 못 했습니다."

"대단한 동지들입니다. 적이 쏜 대포알이 머리에만 안 떨어지면 묵묵히 뗏목에 앉아 일을 합니다. 처녀들이 뜨개질할 때처럼 부지런하지요. 대포알이 떨어져서 뗏목이 부서지면 시체를 건져서 기슭에 올려놓고 다른 사람이 대신 일을 하는데도 불평 한마디 없습니다."

"그래, 뭐 어려운 점은 없습니까?"

"어려운 문제는 얼추 풀렸습니다."

공병 중대장은 이제야 마음이 좀 놓이는지 한숨을 내쉬었다.

"처음엔 닻이 없어서 뗏목을 고정하는 게 골칫거리였거든요. 어떤 전사가 돌덩이를 닻으로 쓰면 안 되느냐고 묻기에 그러라고 했지요. 밧줄로 돌덩이를 묶어 강바닥에 던져 겨우 뗏목을 고정시켰습니다. 그런데 강 한가운데로 나갈수록 물살이 어찌나 센지 이천 근짜리 바위도 굴러가는 바람에 애를 먹었습니다. 누군가 물이 천 근 나가는 바위는 실어 가도 넉 냥짜리 쇠는 못 굴리는데 왜 무쇠 닻을 안 쓰는 거냐고 해요. 말이야 옳고 과학적인 근거도 있지만 어디 가서 무쇠 닻을 얻는단 말입니까! 그때 한 전사가 대장장이들이 쓰는 모루가 무쇠인데 이 동네에도 대장장이는 있지 않겠냐고 하더군요. 듣고 보니 그럴듯해서 여기저기 사람을 보내 대장간을 찾아보라고 했더니, 위칭과 웡안 두 군데서 대장장이를 열 사람 남짓 찾아냈습니다. 그래 은전을 주고 모루를 사다가 둘을 하나로 묶어 닻을 만들었지요. 시험해 보니 아주 훌륭했습니다. 그런데 몇 개 안 되다 보니 앞으로 더 나갈 수가 없어요. 사람들이 머리를 맞댄 끝에 이번에는 큰 대광주리를 짜서 안에 돌을 꽉 채워 넣었습니다. 그러고는 대나무를 뾰족하게 깎아 찔러

넣고 꽁꽁 묶은 다음 물에 던져 넣었더니 뾰족한 대나무가 강바닥 돌
틈에 끼면서 움직이지 않았습니다. 보십시오. 지금 이 방법을 쓰고 있
습니다.”

한둥팅은 딩웨이가 손가락으로 가리키는 곳을 따라가 보았다. 정말

공병 몇 사람이 뗏목 위에서 뾰족한 발이 달린 대광주리를 강물 아래
로 내리고 있었다. 그러자 흔들리던 뗏목이 제자리를 찾아 서는 것이
었다. 홍군에 공병이 있다는 말이야 진작 들었지만 이렇게 큰일을 해
내는 부대인 줄은 몰랐다. 오늘 검푸른 강물 위에 기다랗게 놓인 초록

빛 다리를 보면서 한둥팅은 감탄이 절로 나왔다.

"이번에 우 강을 건너는 일 절반은 동지들이 해낸 겁니다."

한둥팅이 엄지손가락을 내밀며 말했다.

"아닙니다. 동지들이 진지를 점령했으니 우리가 마음 놓고 다리를 놓을 수 있었지요."

1월 3일 새벽, 중앙 홍군은 이 긴 초록빛 다리를 건넜다. 노새, 포병, 그리고 수많은 짐과 들것 들이 모두 이 다리로 무사히 지나갔다. 비록 십만 군대가 뒤를 쫓고 있었지만 서두르지 않았다.

그날 저녁쯤 마오쩌둥과 저우언라이, 주더도 중앙 종대를 따라 이 다리에 올랐다. 그들은 마치 무슨 처음 보는 예술품을 감상하듯 이리 기웃 저리 기웃 하면서 긴 지네 다리를 살펴보았다.

"정말 대단합니다. 아, 훌륭해요. 우리 홍군이 아니면 세상에 누가 이런 다리를 놓을 수 있겠습니까."

다리를 둘러보던 마오쩌둥이 탄성을 질렀다.

홍군이 우 강이라는 천연 요새를 돌파했다는 소문은 순식간에 퍼져 나갔다. 사람들은 홍군은 누구나 수마水馬를 탔는데 이 수마가 사나운 물결 위를 나는 듯이 달리는 데다가, 전사들은 총칼에도 뚫리는 법이 없는 철갑 옷을 입어 구이저우 군대한테 손쓸 틈도 주지 않았다는 둥, 수마를 달려 이백 리에 이르는 우 강 방어선을 무찌르는 바람에 구이저우 군대는 제대로 공격 한번 못 해 보고 무너졌다는 둥 수군거렸다. 이런 이야기가 구이저우 군대에서 나와 인민들 귀에 들어갔는지 인민들 사이에서 구이저우 군대로 퍼진 것인지는 분명하지 않았다. 하지만 소문은 바람처럼 쭌이와 구이양으로 퍼져 나갔다. 전설처럼 떠도

는 소문 덕분에 기나긴 행군에 지친 홍군은 손쉽게 길을 열 수 있었
다.

　한둥팅, 황쑤가 거느린 연대는 우 강을 건너 계속 앞으로 진격했다.
그들은 기세를 몰아 적의 강하 방어 사령부가 있는 주창을 점령했다.
주창은 허우즈단의 여단장이자 강하 방어 사령관인 린슈성林秀生 임수생
이 지키는 곳이었다. 그는 패잔병을 거느리고 쭌이로 달아났다. 이튿
날 그들은 또 깊은 골짜기 사이로 세차게 흐르는 양옌 강半岩河 양암하을
건너 린슈성의 부대를 계속 추격했다. 한둥팅과 황쑤가 얕은 골짜기
옆으로 난 구불구불한 산길을 걷고 있는데 뒤에서 통신병이 나는 듯이
달려왔다.

　"연대장 동지, 정치위원 동지. 류 총참모장 동지가 기다려 달라고
하십니다!"

　"류 총참모장이? 지금 어디쯤에 있답니까?"

　한둥팅이 다급히 물었다.

　"바로 뒤에 있습니다. 한 시간이면 이를 겁니다."

　"좋습니다."

　두 사람은 대열에서 빠져나와 산비탈에 앉았다.

　"뭐 중요한 일이 있나 보군."

　"총참모장이 전보를 보내오지 않았나. 이번 쭌이 공격에서 지휘관
을 맡게 됐다고."

　황쑤가 말했다.

　"우리가 있는 쪽으로 오지 않았을 뿐이지. 우 강을 건널 때도 전선
에 왔어요."

한둥팅은 갑자기 뭐가 생각난 듯 웃으며 말했다.

"총참모장 동지는 지휘관이라면 간도 커야 하겠지만 마음이 섬세해야 한다는 말씀을 입버릇처럼 하시지. 내 보기에는 그런 분이어서 싸움을 수놓듯이 하는 것 같은데 나는 평생 닮지 못할 것 같아요."

"그래도 잘 따라 배워야지."

황쑤도 웃으면서 대꾸했다. 한 시간쯤 기다리자 동쪽 산굽이로 부루말 한 필이 나타났다. 녀석은 서두르지 않고 느릿느릿 걷는 품이 어딘지 기운 없어 보였다. 류보청은 색안경에다가, 낡아서 다 주저앉은 모자를 쓰고 말 위에 앉아 있었다. 등에는 손때가 잔뜩 묻은 가죽 지도 가방과 헝겊을 씌운 기다란 외가닥 망원경을 메고 있었다. 류보청이 늘 몸에 지니고 다니는 물건들이었다. 그는 잡다한 물건은 모두 호위병 손에 맡기는 다른 지휘관과는 달랐다.

한둥팅과 황쑤는 다급히 일어나서 맞으러 갔다. 류보청은 가볍게 웃으며 말에서 내려 그들과 손을 맞잡았다.

"오래 기다렸지요?"

류보청이 물었다.

"아니요. 괜찮습니다."

두 사람이 예의를 갖춰 말했다. 그러더니 한둥팅이 웃으며 말을 이었다.

"총참모장 동지, 말을 보니 아홉 살이나 열 살은 먹은 것 같은데 슬슬 바꿀 때가 되지 않았습니까?"

그는 역시 할 말은 다 하고 마는 성미였다. 류보청은 말을 툭툭 치면서 말했다.

"늙기는 했지만 중앙 소비에트 구역에서부터 여러 해 나를 따라 돌아다녔어요. 나는 그런대로 괜찮아 보이는데!"

류보청은 풀을 한 줌 뽑아 말의 입에 가져갔다. 부루말은 제 흥을 보는 걸 아는지 풀을 씹으면서 고개를 쳐들고 주인을 흘끔흘끔 바라보았다.

류보청은 훌륭한 군인답게 소박하고 정중한 사람이었다. 경망스럽지도 않았지만 가까이하기 어려울 정도로 무게를 잡지도 않았다. 남의 마음을 사려고 비위를 맞춰 주는 일도 없었고 권위를 내세워 남을 짓누르는 일도 없었다. 그는 손을 털며 한둥팅, 황쑤와 함께 땅바닥에 앉았다.

"요사이 적들 사이에 전설이 떠돌고 있다는데, 알고 있습니까?"

류보청이 물었다.

"들었습니다."

한둥팅이 웃으면서 말했다.

"우리가 수마를 타고 철갑 옷을 입고 우 강을 건넜다더군요."

"우리 홍군이 그만큼 위엄 있게 싸웠다는 얘기겠지요. 군대란 전략도 뛰어나야겠지만, 위엄이 있어야 합니다. 우리는 여전히 어려운 처지지요. 싸움을 하되 사상자를 줄이고 탄알을 아끼면서 해야 합니다. 그러려면 지혜를 모아야 해요."

류보청은 지도 가방에서 조금 전에 적들한테 빼앗은 오만분의 일짜리 쭌이 지도를 꺼내 무릎에 펴 놓았다. 그리고 쭌이와 구이양 사이를 가리키며 말했다.

"총사령관이 3군단더러 여기 이 길을 끊으라고 했으니 적의 증원

부대가 올까 봐 걱정할 필요는 없어요."

이렇게 말하면서 그는 쭌이 부근을 가리키며 말했다.

"여기는 선시수이深溪水 심계수라고 하는데 쭌이에서 삼십 리밖에 안 떨어진 곳입니다. 적 한 개 대대가 주둔해 있는데, 인민들은 '주샹퇀九響團 구향단'이라고 부른다지요."

"그건 또 무슨 뜻입니까?"

한둥팅이 물었다.

"모든 연대가 하나같이 구 연발 총을 가지고 있다 이거지."

"모제르총이군요!"

한둥팅과 황쑤가 웃음을 터뜨렸다.

"문제는 여기가 놈들의 더듬이 격이라는 겁니다."

류보청이 웃음을 거두고 엄숙하게 말했다.

"놈들을 한 놈도 빠짐없이 몽땅 섬멸하는 것이 중요해요. 한 놈이라도 놓쳤다가는 쭌이 성에 있는 적들이 금세 알게 될 테니까 다음 싸움이 더 어려워질 겁니다. 무슨 뜻인지 알겠지요?"

류보청이 고개를 돌려 외눈으로 두 사람을 보았다. 한둥팅과 황쑤는 고개를 끄덕였다.

"이걸 분명히 일깨워 줘야 할 것 같아 따라왔어요."

"잘 알겠습니다."

한둥팅과 황쑤가 대답했다.

"그럼 어서 대오를 따라가세요."

류보청은 손을 흔들고는 지도를 가방에 넣고 말이 있는 곳으로 걸어갔다. 한둥팅과 황쑤는 서둘러 떠났다. 류보청은 말을 톡톡 치면서 말했다.

"친구, 어서 먹게. 늑장을 부려서는 안 돼. 우리도 길을 다그쳐야 하거든."

말은 이렇게 했지만, 류보청은 말한테 한참 풀을 뜯기고 나서야 길을 떠났다.

한둥팅네 연대는 그날 밤 퇀시團溪 단계에 머물렀다. 마을은 꽤 컸는데, 동쪽에 아름다운 호수가 있어 이런 이름이 붙은 것인지도 몰랐다. 한둥팅과 황쑤는 선시수이의 적을 무찌르기 위해 꼼꼼하게 준비했다. 적이 도망갈 수 있는 길을 몽땅 막아서 아무도 빠져나갈 수 없게 해야 했다.

이튿날 이른 아침, 부대가 출발했다. 점심때가 되자 구름이 모여들더니 큰비가 퍼붓기 시작했다. 곧 선시수이와 멀지 않은 곳에 이르렀다. 앞서 가던 대대장이 와서 이렇게 큰비가 내리는데 계획대로 움직이는 거냐고 물었다. 한둥팅이 말 위에서 빗물을 훔치면서 쏘아붙였다.

"이런 기회는 얻기도 힘든데 묻긴 뭘 묻습니까? 세 시에 어김없이 공격하세요!"

싸움은 싱겁도록 깨끗이 끝났다. 홍군이 마을로 들어간 지 반 시간도 채 안 돼 전투를 마무리했다. 한둥팅과 황쑤가 마을에 이르렀을 때는 벌써 포로를 이백 명 남짓 모아 놓은 뒤였다. 적 대대장은 병사 몇을 데리고 도망치다가 어느 집 작은 뜰에서 총에 맞아 죽었다. 결국 선시수이에서는 류보청이 부탁한 대로 한 사람도 빠져나가지 못했다.

"이제는 눈 좀 붙여도 되겠군."

한둥팅은 황쑤가 뭐라 대꾸를 하기도 전에 젖은 옷을 벗고는 방으로 자러 가 버렸다. 그는 자기 임무는 싸움을 하는 것이고 나머지는 모두 정치위원이 할 일이라고 생각했다. 못마땅하기는 했지만 몇 년을 관습처럼 내려오는 일이다 보니 황쑤도 어쩔 수 없었다.

황쑤는 쭌이의 정황을 알아보려고 포로 중대장 한 사람과 병사 몇 사람을 찾아 방으로 데려왔다. 포로들은 겁에 질린 나머지 뭘 물어보기만 하면 벌떡 일어나 차렷 자세로 뜨덤뜨덤거렸다. 황쑤는 하는 수 없이 포로들을 앉혀 놓고 홍군이 어떤 군대인지부터 차근차근 설명하기 시작했다. 결국 홍군은 가난한 사람들을 위한 군대라는 말이 먹혀들었는지, 황쑤는 포로들에게 쭌이의 정황을 낱낱이 들을 수 있었다.

쭌이는 한 개 사단이 지키고 있다지만 이미 활에 놀란 새였다.

'류 참모장은 우리더러 지혜를 모아 보라고 했지. 포로들만 도와준다면 쭌이 성문을 손쉽게 열 수 있을 텐데 말이야.'

포로가 모두 이백 명이니 옷이 넉넉했다. 황쑤가 적 중대장에게 물었다.

"우리는 곧 쭌이를 치러 갑니다. 여러분들이 쭌이 성문을 열어 주기만 한다면 큰 도움이 될 텐데……. 그럴 수 있겠습니까?"

적 중대장이 잠시 망설이더니 입을 열었다.

"우리한테 베풀어 준 것을 생각하면 당연히 해야겠지요."

황쑤는 말이 떨어지기가 무섭게 정치처 간부를 불러 포로들에게 은전 세 닢씩을 노자로 쓰라며 나누어 주었다.

"홍군은 시퍼런 얼굴에 머리는 빨갛고 사람들 심장을 파먹는 마귀

라더니, 이렇게 좋은 사람들일 줄은 몰랐습니다."

포로들은 기뻐서 말했다. 황쑤는 서둘러 한둥팅을 깨웠다.

"거참 기똥찬 생각인데!"

한둥팅은 엄지손가락을 세워 보이며 소리쳤다.

"이 일은 진위라이한테 맡기는 게 좋겠지? 머리가 잘 도는 사람이니까 뜻밖에 무슨 일이 생기더라도 잘 헤쳐 나갈 수 있을 거야. 만약 속임수가 먹히지 않으면 거세게 공격해야 하니까, 두 가지 가능성을 다 머릿속에 두고 철저히 준비해야 한다고."

두 사람은 진위라이를 불러 계획을 알렸다. 그는 아이처럼 들떠서는 신나 했다. 한둥팅이 말했다.

"이건 놀이가 아니라니까. 아주 진짜처럼 꾸며야 해요."

진위라이는 고개를 끄덕였다. 그는 중대에 돌아가 사람들을 모은 뒤 변장을 시키기 시작했다. 그러고는 한 사람씩 불러 어디 허술한 데는 없는지 꼼꼼히 살펴보았다. 다들 대나무 배낭을 메고 손에 대나무 가방을 드니 제법 구이저우 군대 같았다. 그런대로 만족스러운 차림새였다.

지휘부는 중요한 작전이니만큼 정찰 소대를 2중대에 딸려 보내기로 결정했다. 출발을 앞두고 진위라이가 연대 지휘부를 찾아왔다.

"건의할 것이 있습니다만."

"말해 보세요."

한둥팅이 말했다.

"연대에 있는 나팔수 이삼십 명도 같이 보내 주면 안 됩니까?"

"무슨 나팔수가 그렇게나 많이 필요합니까?"

"그거야 뭐, 뿜뿜 빠빠 동네방네 울려야 신이 나잖습니까."

"어이구, 저 친구 제법 엉큼한 데가 있군."

한둥팅이 웃으면서 참모를 보고 나팔수 소대를 불러오라고 했다.

곧 구리 나팔을 멘 소년병들이 달려와 빨간 비단 댕기를 날리며 진위라이를 따라 기세 드높이 출발했다.

진위라이는 적 중대장을 앞세우고는 그 뒤를 바짝 붙어 걸었다. 그는 뒤에서 총을 들이대는 것이 영 마음에 걸려 분위기를 좀 부드럽게 해 볼까 하고 적 중대장의 어깨를 툭툭 치며 물었다.

"형님은 고향이 어딥니까?"

"저야 퉁즈에서 태어났지요."

그는 진위라이를 흘끔 보더니 선선히 대꾸했다.

"올해 나이가 얼마지요?"

"어휴, 마흔둘입니다."

"그럼 집에 있는 게 나을 텐데 군대는 뭣 하러 들어갔답니까?"

"아우님은 모르겠지만 저우시청하고 왕자레이가 다 우리 고향 사람이에요. 그래 덕이나 좀 볼까 싶어 들어갔지요."

"오래됐습니까?"

"벌써 스무 해가 다 돼 가지요."

"이십 년인데 겨우 중대장밖에 못 올라갔단 말입니까?"

말이 나오자마자 포로 중대장이 울분을 쏟았다.

"어이구, 아우님. 얻어먹기가 어디 그리 쉽습니까. 뒷배가 없으니 어쩔 수 없지. 오늘 총 맞아 죽은 그 대대장은 연대장 처남인데 입대한 지 며칠 안 돼 가지고는 내 상관으로 왔단 말입니다. 그 작자들 따라서 구이저우에서 쓰촨으로 쳐들어갔다가 다시 쓰촨에서 구이저우로 쳐 나오면서 정말 목숨 걸고 싸웠습니다. 그 고생이란 정말 말로 다 할 수 없어요. 그런데 그놈들은 어떻습니까? 백성들한테 아편을 심으라고 해서 그걸 광시에 내다 팔아 총을 사지요. 그걸 밑천 삼아 군대를 늘리고, 저희 세력을 키운단 말입니다. 그러고 나면 또 백성들 피땀을 짜내 가지고는 그 돈을 외국 은행에 꿍쳐 놓지요. 그러니 홍군이 온다고 해도 누가 그 작자들 지키자고 목숨 걸고 싸우겠습니까. 그나저나 그날 아우님들은 수마를 타고 우 강을 건넜다는데……."

"아니, 형님. 우리 홍군한테 진짜 수마가 있다고 믿는 겁니까?"

진위라이가 웃으며 물었다.

"다들 그러던데요! 안 그러면 어떻게 그렇게 빨리 올 수 있겠습니까. 사단 지휘부에서는 사흘 뒤에나 올 거랬는데."

홍군은 선시수이를 지나 쭌이로 가는 길에 들어섰다. 구이린에서만 볼 수 있는 작은 산들이 많아 풍경이 아주 아름다웠다. 하지만 쭌이를 무너뜨리러 가는 전사들은 나는 듯이 걸음을 옮기느라 경치를 눈에 담을 겨를이 없었다.

날이 저물자 또 비가 한바탕 내렸다. 길이 어찌나 질척거리는지 넘어지는 사람이 숱했다. 여기저기 흙투성이가 된 전사들이 많았다. 전사들의 걸음이 더뎌지는 듯하자 진위라이가 서두르자며 막 한 소리 하려는데 그만 짚신이 진흙에 벗겨졌다. 갈 길이 바쁘다 보니 한숨부터 나왔다. 구이저우의 진흙은 어찌나 끈끈한지 짚신에 풀처럼 딱 달라붙어서 신을 떼어 내리려면 꽤나 애를 먹었다. 그는 숨을 모으고 있는 힘껏 당겨 보았다. 하지만 짚신 허리만 뭉텅 끊어져 나갔다. 진위라이는 간신히 몸을 가누고는 욕을 퍼부었다.

"젠장. 내 짚신이 그렇게 마음에 들면 그냥 가지라구!"

그는 다른 전사들처럼 맨발로 걷기 시작했다. 두 시간쯤 걷다가 고개를 들어 보니 멀리 등불이 보였다. 진위라이는 얼른 걸음을 멈추고 등불을 가리키며 물었다.

"저긴 뭐하는 뎁니까?"

"쭌이 성입니다. 불 켜진 데가 아마 남문일 겁니다."

"그럼 얼추 다 온 거로군요."

"그렇지요."

진위라이는 모제르총을 포로 중대장 등 가까이 더 들이대며 말했다.

"자, 그럼 이제부턴 내가 시키는 대로 하세요!"

"알겠습니다."

진위라이는 정찰 소대를 불러 놓고 서남쪽에 있는 핑딩 산平頂山 평정산을 가리키며 지시했다.

"저기가 훙화강紅花崗 훙화강이라는 곳인데 쥰이 성을 한눈에 내려다볼 수 있는 고지입니다. 몰래 가서 보초를 없애 버리세요."

정찰 소대는 포로 몇을 데리고 훙화강으로 갔다. 진위라이는 2중대 앞에 와서 소리를 낮춰 말했다.

"동지들, 침착해야 합니다. 절대 빈틈을 보여선 안 됩니다."

그는 부대원들에게 할 일을 꼼꼼히 이르고는 손을 저었다.

"자, 뜁시다!"

진위라이는 포로 중대장을 앞세우고 달렸다. 다른 포로들도 뒤따라 쥰이 남문 쪽으로 힘껏 내달렸다. 철벅철벅거리는 발자국 소리가 어지럽게 거리를 울렸다.

성문의 등불이 점점 가까워졌다. 갑자기 거무칙칙한 그림자가 앞에 나타나더니 묵직한 외침이 들려왔다.

"누구야?"

그러더니 절커덕절커덕 총 노리개를 젖히는 소리가 들렸다. 포로 중대장이 잠깐 머뭇거리자, 진위라이가 들이민 총으로 등을 쿡쿡 찔렀다. 포로 중대장이 드디어 입을 열었다.

"형제들, 쏘지 말게, 쏘지 말아. 우리는 선시수이의 주상퇀이야!"

"그래? 주상퇀이라고? 산 어귀는 안 지키고 여긴 뭣 하러 왔나?"

"공산군이 쳐들어왔네! 우린 꼼짝없이 포위돼서 몽땅 끝장이 났어. 대대장도 죽었다구. 우리 중대만 간신히 포위를 뚫고 나왔다니까. 어서 문을 열게. 빨리 들여보내 달라니까."

"뭐? 공산군이 쳐들어왔다고?"

성루에서 겁에 질려 수군거리는 소리가 들려왔다. 이때 누군가 물었다.

"벌써? 이삼일 지나야 온다지 않았나?"

"이삼일이라니? 공산군은 수마를 타고 왔단 말이야! 소문도 못 들었나? 총칼도 안 들어가는 철갑 옷까지 입었다고!"

"그래. 좋아. 내 열어 줄 테니 조금만 기다려 주게."

진위라이가 흡족해서 문이 열리기만 기다리고 있는데 갑자기 성루에서 사나운 욕지거리가 터져 나왔다.

"제길! 죽고 싶어? 잘 알아보지도 않고 문을 열었다가 공산군이라도 들어오면 네가 책임질 거야?"

이어 철썩철썩 뺨을 치는 소리가 들려왔다. 진위라이가 포로 중대장을 툭 치면서 조그맣게 속삭였다.

"성루에 있는 저놈은 누굽니까?"

"중대장일 겁니다."

"겁먹지 마세요. 우리가 있잖습니까. 형님은 제대로 본때나 보여 주세요."

진위라이가 힘을 북돋아 주었다. 그러자 포로 중대장이 목청껏 소리를 질렀다.

"위에 있는 네 놈은 누구냐?"

위에서도 녹록찮은 목소리로 되물었다.

"너야말로 누구야?"

"나는 주상툰의 왕ஈ 왕 중대장이다. 설마 날 모른단 말야?"

그러자 대꾸하는 말투가 꽤 누그러들었다.

"저는 2연대 2중대의 마馬 마 소대장입니다. 제가 딱히 의심이 많아서가 아니라 일이 터지면 제 선에선 책임질 수가 없는 노릇이니 그렇습니다. 주상툰이라면 연대장의 첩이 몇인지 쯤은 댈 수 있겠지요?"

진위라이가 포로 중대장 곁에 서서 또 속삭였다.

"이럴 땐 더 세게 나가야 하는 겁니다."

"뭐? 첩이 어쩌고 어째? 이 마가 놈이 척 보면 알아야지, 네 놈 눈이 멀어도 단단히 멀었구나."

포로 중대장은 목소리를 더 높였다.

"더 꾸물대다간 너 아주 혼날 줄 알아! 더 시끄럽게 시간 끌면 아예 문을 부수고 들어갈 테니까."

"좋습니다. 좋아요. 열지요. 곧장 열겠습니다."

말은 이렇게 하면서도 손전등 몇 개로 아래를 죽 비춰 보았다. 하지만 비춰 본들 하나같이 진위라이가 깐깐하게 심사를 해 제법 그럴싸하게 꾸며 놓은 '구이저우 군대'인 데다가, 때마침 내린 비로 진창길에서 흙투성이가 된 참이라 그야말로 의심할 나위가 없었다. 손전등 불빛이 머리 위를 몇 차례 휘젓고 지나가자 '패잔병'들도 장단을 맞추어 쓰고 있던 구이저우 군대의 모자를 치면서 마구 욕을 퍼부었다.

"제길! 우리가 주상툰인지 아닌지 두 눈 뜨고 똑똑히 보란 말이야!"

마 소대장은 마침내 결단을 내렸다. 좀 지나 묵직한 성문이 삐걱삐걱 소리를 내기 시작했다. 진위라이는 고생했다며 포로 중대장의 어깨를 툭툭 치고는 앞장서서 성문 앞으로 걸어갔다. 큼직하고 무거운 빗장이 빠지면서 높고 두터운 성문이 삐익 열렸다. 진작 총알을 채우고 총칼까지 꽂은 '패잔병'들이 성문 안으로 우르르 쓸려 들어갔다.

문을 열던 병사는 아직도 놀라움을 감추지 못하고 물었다.

"저기, 공산군이 어쩌면 그렇게 빠르나?"

맨 앞에 선 전사가 그를 덥석 잡으며 말했다.

"그건 알 거 없고, 우리가 바로 공산군이니 어서 무기를 버려!"

이어 사람들이 성안으로 돌격해 들어갔다. 마 소대장은 일이 잘못되자 다급히 기관총을 잡으려 했지만 먼저 홍군이 쏜 총에 맞고 쓰러졌다. 나머지 병사들은 벌벌 떨면서 다투어 투항했다.

진위라이는 나팔수 이삼십 명을 곧장 성루 여기저기로 보냈다. 그러고는 기세 좋게 온 쭌이 성을 울리는 돌격 나팔 소리에 맞춰, 중대를 거느리고 시가지 한복판에 있는 적의 사단 지휘부로 달려갔다. 시가지에 들어서니 구이저우 군대가 어수선한 틈을 타 백성들의 재물을 빼앗고 있었다.

문을 부수는 소리, 욕지거리 소리, 우는 소리가 여기저기서 어지럽게 들렸다. 진위라이와 전사들이 경기관총을 내갈기자 구이저우 병사들은 머리를 싸쥐고 도망쳤다. 땅에는 금이며 은 장신구가 너저분하게 흩어져 있었다.

홍화강 위에서 신호탄 세 발이 올랐다. 정찰 소대가 고지를 점령한 것이다. 진위라이는 때를 맞춰 적의 사단 지휘부를 공격해 포로 수백 명을 붙잡았다. 나머지 적들은 북문으로 나가 러우산관婁山關 누산관 쪽으로 도망쳤다. 여러 갈래에 흩어져 있던 홍군들이 우르르 성안으로 들어와 남은 적들을 모두 무찔렀다.

1935년 1월 7일, 아침 해가 하늘을 선홍빛으로 물들이며 아스라이 떠올랐다. 구이저우 군대가 온갖 나쁜 짓은 다 저질러 놓아서 진저리가 난 쭌이 성 사람들은 홍군을 두려워하지 않았다. 순두부와 국수 같은 구이저우 음식을 파는 가게들이 잇달아 문을 열었다. 어제까지만 해도 소문으로만 듣던 홍군이 이제는 바로 눈앞에 있었다. 온 마을이 기대에 차 술렁거렸다.

웬 싱거운 사람이 그랬는지, 진위라이가 묵고 있는 집에 분필로 커다랗게 "수마 사령부가 여기 있노라!" 하고 써 놓았다. 덕분에 시끄러운 일이 생겼다. 진위라이는 피곤해서 한숨 푹 자려고 벼르며 누웠지만 이른 새벽부터 어찌나 밖이 떠들썩한지 잠을 설쳤다. 무슨 일인가 해서 일어나 보니 문 앞에 사람들이 북적거렸다. 청년들과 학생들도 적지 않았다. 그들은 진위라이가 나오자 서로 귓속말을 주고받으며 웃고 수군거렸다.

"저기 봐, 사령관이야. 사령관이 나왔어!"

"저 사람인가 봐!"

"저 눈 좀 봐! 진짜 부리부리해."

진위라이는 더 듣고 있기 거북해서 겸연쩍게 물었다.

"여러분, 뭘 구경하고들 있습니까?"

"누군 누구예요! 수마 사령관이지요."

한 여학생이 키득키득 웃으며 대답했다.

"수마 사령관이 어디 있다고들 그러십니까?"

"아니, 벌써 다 알고 왔는데 왜 그러나. 바로 자네지."

한 노인이 말했다.

"저기, 저 높은 성벽을 어제 훌쩍 뛰어올랐다면서요?"

"하하하, 저렇게 높은 담을 어떻게 뛰어넘겠습니까?"

그러자 몇 사람이 다투어 말했다.

"너무 겸손해하지 않으셔도 됩니다, 사령관님!"

"그 수마를 불러다 좀 보여 주십시오. 네?"

"그리고 철갑 옷도 있잖아요. 총칼이 절대 못 뚫는다는 철갑 옷 말입니다."

진위라이는 도무지 어쩌면 좋을지 몰라 흙이 잔뜩 묻은 군복을 당겨 펴면서 난처하게 웃었다.

"보십시오. 이 옷이 제 철갑 옷입니다."

"하하, 농담도 잘하십니다. 군사 기밀이라 알려지면 안 되나요?"

모여든 사람들은 홍군이 어떤 사람들인지 무척 궁금해했다. 진위라 이는 홍군 전사들이 인민들을 만나면 늘 하던 이야기를 한바탕 쏟아 냈다. 사람들은 난생 처음 들어 보는 이야기에 뜨거운 손뼉을 보냈다.

쭌이는 꽤나 오래된 도시였다. 춘추 전국 시대에는 폐국鼈國이라고 불렸고 서한西漢 때는 장가牂牁라고 했다지만 너무 먼 옛날 일이라 밝히기는 어려운 노릇이고, 당나라 때 이름을 랑주郞州, 파주播州라고 차례로 고쳤는데, 한직으로 밀려난 벼슬아치들이 거쳐 가거나 귀양을 오던 황량한 동네였다. 대시인으로 이름 높은 이백李白이 귀양을 간 야랑국夜郞國도 쭌이와 멀지 않은 퉁즈에 자리 잡고 있었다. 백 년쯤 전부터 누에를 쳐서 고치에서 실을 뽑아 팔면서 쭌이는 지금처럼 제법 큰 도시가 되었다.

쭌이의 옛 성은 다 쓰러질 듯 낡았지만 풍경은 아주 아름다웠다. 홍화강, 펑황 산鳳凰山 봉황산 같은 산봉우리 몇 개가 마치 두 팔을 벌려 도시를 끌어안고 있는 듯했다.

맑고 푸른 강물이 도시를 감돌아 흐르는데, 샹 강이라고도 하고 푸룽 강芙蓉江 부용강이라고도 했다. 강을 가로지르는 오래된 돌다리 양쪽에 사람들이 빼곡히 서서 성에 들어서는 중앙 종대를 맞았다. 쭌이 사람들은 구이저우 군대가 사라진 땅에서 홍군을 맞으며 어렴풋이 희망을 품었다.

홍군은 장시를 떠난 뒤로 쭌이처럼 큰 도시에 발을 들여놓기는 처음이었다. 홍군 전사들의 군복도 모처럼 깁고 다듬었는지, 단정하고 깔끔했다. 전사들은 환하게 웃으며 기운차게 걸었다. 모든 것이 새롭고 기쁘기만 했다.

다리 어귀에서는 이따금 요란한 소리를 내며 폭죽이 터졌다. 폭죽이 오를 때마다 흥겨운 분위기는 한껏 더 달아올랐다. 폭죽을 꽃불 花炮이라고 하는 고장도 있다지만, 구이저우 사람들은 화포火砲라고들 했다. 뭐라고 부르든 사람들 마음속에서 솟아나는 즐거움에 불을 당기기에는 충분했다.

그런데 오늘 폭죽을 터트리는 사람들은 미리 작정을 하고 준비한 듯했다. 다릿목에 들어서는 부대가 바뀔 때마다 퉁탕퉁탕 폭죽이 신나게 터졌다.

낡고 너저분한 옷을 걸친 검실검실한 사내들이 높다란 대나무 장대에 저마다 긴 폭죽을 하나씩 걸고 서 있었다. 열 사람 남짓한 사내들은 새하얀 이가 다 드러나도록 벙그레 웃으며 쭌이로 들어서는 홍군을 맞았다. 중앙 종대가 다 지나가고 환영을 나온 사람들이 모두 흩어지고도, 그들은 여전히 다릿목에 모여 서성거렸다.

마침 다릿목에서 쭌이로 들어서는 홍군을 맞이하던 중대장 진위라이가 사내들을 보았다.

"여기서 누굴 기다리고 있는 겁니까?"

서른 살 남짓 되어 보이는 훤칠한 사내가 웃으면서 대답했다.

"우리는 당신네 장군을 맞으러 왔습니다."

"장군이라니요?"

진위라이가 웃음을 터뜨렸다.

"어느 장군 말입니까?"

"주더와 마오쩌둥이 왔습니까?"

"저런, 벌써 지나간걸요."

진위라이가 알려 주었다.

"좀 전에 더부룩한 머리에 웃으며 고개를 끄덕이던 분이 마오쩌둥 주석입니다. 주 총사령관은 여러분들한테 손까지 흔들었는데 못 봤습니까?"

그러자 원숭이처럼 바싹 마른 소년이 까불까불 끼어들었다.

"맞아요. 맞아요. 아까 쉰 살쯤 되는 사람이 손을 흔드는 걸 봤어
요. 밥하는 병사처럼 되게 마음씨 좋게 생겼던데요."

"이런, 아직 저 뒤에 있는 줄 알았는데."

아까 그 장정이 안타까운 듯 한숨을 쉬면서 대나무 장대를 흔들었

다. 장대 끝에서 기다란 폭죽이 아직도 낭창거렸다.

"그래서 이 폭죽도 남겨 뒀는데 말이야."

진위라이는 그 열정이 놀라워 물었다.

"여러분은 무슨 일을 하십니까?"

"모두 석탄을 캡니다."

소년이 짓궂게 웃으면서 말을 보탰다.

"이게 절대 남을 속일 수는 없는 일이지요."

그도 그럴 것이, 저마다 새까만 얼굴에 헌 저고리를 입었는데, 어깨에 삐죽이 나온 솜뭉치마저도 검었다. 소년은 서른 살쯤 된 장정을 가리키며 말했다.

"이 두톄추이杜鐵錘 두철추 님은 대장장이입니다. 이분이 앞장을 서서 우리를 데리고 나왔어요."

진위라이는 그 대장장이를 자세히 훑어보았다. 실팍하고 튼튼한 몸집에 눈이 억실억실한 것이, 세상 풍파를 많이 겪은 듯 노련하고 침착해 보였다. 그는 소년이 하는 말을 듣고도 그저 담담하게 웃기만 했다.

"이 고장 세력가들이나 지주들의 미움을 사게 될지도 모르는데 어떻게 사람들을 이끌고 홍군을 마중 나오셨습니까?"

"그 사람들이야 홍군이 온다는 소문을 듣고 간담이 서늘해서 제정신이 아닌걸요."

두톄추이가 경멸하듯 웃으며 대꾸했다.

"맞아요. 홍군이 온다는 말에 하늘이 무너지는 줄 알았을걸요."

원숭이처럼 마른 소년이 또 말을 가로챘다.

"으뜸가는 부자는 쓰촨으로 도망가고, 버금가는 부자는 구이양으로 도망가고, 시골 지주는 산굴로 도망가 버렸잖아요. 지주가 저더러 '리샤오허우李小猴 이소후, 우리랑 같이 도망가자. 공산당한테 잡히면 죽어. 코 베고 눈 도려내고 심장을 파내 간다구!' 그래서 겁이 더럭 났다구요. 그런데 늙은 어머니가 제가 석탄을 캐 돈을 벌어 오기만 기다리고 계신데 제가 도망가면 어떻게 해요? 그날 부자들은 다 줄행랑을 쳤어요. 가게들도 죄 문을 닫았구요. 제가 찻집에 석탄을 배달하러 갔더니 찻집에도 사람이 없어요. 두 사부님 혼자만 차를 마시고 있는데 아무 일도 없는 듯 아주 태연하잖아요. 그걸 보고 제가 당황하니까 웃으면서 그래요. '샤오허우, 집에 불이 났나?' 그래서 제가 '홍군이 수마를 타고 우 강을 건너온다는데 어쩌면 좋아요?' 하니까 두 사부님이 저를 끌어당겨 앉히고는 그래요. '샤오허우, 집에 방이 몇 개나 되나?' 묻기에 제가 '에이, 저야 집도 절도 없이 얹혀 사는 신센 줄 다 아시잖아요.' 했더니 또 묻잖아요. '땅은 얼마나 되나?' 내가 말했지요. '별 희한한 걸 다 묻네. 땅이 있으면 뭣 하러 쭌이에 왔겠어요?' 두 사부님이 또 그래요. '집도 없고 땅도 없으면, 그럼 돈은 있겠지?' 그래서 제가 '두 사부님, 지금 가난한 먀오 족 꼬마랑 농담 따먹기 하시는 거예요? 돈이 있으면야 왜 석탄이나 캐면서 살겠어요?' 했더니 그제야 두 사부님이 웃으며 그랬죠. '그럼 됐네. 아무것도 없는 놈이 뭐가 무서워? 홍군은 부자를 치고 가난한 사람을 돕는다는데 뭐 좋은 일이라도 생길지 아나?' 그 말에 제가 솔깃해서 무슨 좋은 일이냐고 그러니까 글쎄, 홍군이 오면 세상이 엎어진대요. 그럼 지주들 땅도 다 뺏어서 우리한테 나눠 줄 테고, 옷이랑 양식도 나누어 줄 거라고 했어

요. 그러더니 제 어깨를 툭툭 치면서 '자네 이런 누더기로 어찌 겨울을 나겠나! 홍군이 오면 자네한테 새 솜옷을 줄 게 아닌가?' 하잖아요. 두 사부님이 하하하 웃길래 저도 따라 웃었지요. 금방이라도 새 솜옷이 생길 것 같더라구요. 두 사부님은 탄광 사람들을 모아 폭죽을 사서 홍군이 오면 함께 터뜨리자고 했어요."

"그래서 오늘 드디어 폭죽을 터뜨렸군요."

"한데 다 터뜨리진 못했지요."

두톄추이가 아쉬운 듯 말했다. 그는 채 터지지 않은 폭죽이 걸린 장대를 흔들어 보였다.

"그럼 소비에트가 새로 설 때 터뜨리면 되지요. 안 그렇습니까?"

진위라이가 고개를 들어 해를 흘깃 보더니 말했다.

"여러분, 오늘 우리 중대에 가서 함께 점심이나 드시죠. 마침 돼지를 잡았거든요."

사람들은 난처한 얼굴로 머뭇거렸다. 진위라이가 두톄추이를 꽉 잡아끌고 앞서 가자 다른 사람들도 하나 둘 뒤를 따랐다.

4장 쭌이 회의, 새로운 돌파구를 열다

　쭌이 시 한가운데에는 옛 도시와 새 도시를 가르는 푸룽 강이 흐르고, 강을 가로지르는 돌다리가 두 도시를 이으며 서 있었다. 새 도시는 태평천국 말기에 관료며 지주, 부유한 상인들이 먀오 족과 한족 봉기군을 막으려고 만든 것이었다. 하지만 중요한 거리는 모두 옛 도시에 자리 잡고 있었다.

　보구, 리더와 군사 위원회 본부에 있는 저우언라이, 주더, 류보청은 옛 도시에 머물렀고, 마오쩌둥, 왕자샹, 장원톈은 새 도시에 묵기로 했다. 세 사람은 작은 산 아래에 새로 지은 이 층 건물에 숙소를 정했다.

　이튿날 마오쩌둥은 아침 일찍 어디론가 나갔다. 왕자샹은 하룻밤

쉬고 나서 위생병이 갈아 주는 약을 붙였더니 몸이 한결 가벼웠다. 하지만 마음은 여전히 무거웠다. 샹 강을 건넌 뒤 진군 방향을 두고 다툼이 생겨, 전투를 하면서도 행군을 하면서도 내내 논쟁이 그치지 않았다. 그는 정치국 회의를 소집하자고 건의했는데, 끈질긴 설득 끝에 결국 리핑 회의에서 정치국 회의를 열기로 했다. 하지만 적군이 뒤에서 쫓아오는 데다가 싸움이 치열해서 적당한 때를 찾을 수 없었다. 지금이 바로 정치국 회의를 열 때였다. 회의 준비를 충분히 하느냐 마느냐에 따라 결정이 달라질 터였다. 왕자샹은 천천히 층계를 내려가 장원톈의 방에 이르렀다.

장원톈은 두터운 안경을 쓴 채 책에 파묻혀 있었다. 일찍이 작가가 되어 소설을 쓰고 평론도 낸 장원톈이었다. 하와이 호놀룰루에서는 신문 편집을 하기도 했다. 나중에 모스크바 중산 대학에서 공부했는데, 왕밍, 보구, 왕자샹과는 동창이었다. 비록 군복을 입고 붉은 별을 단 모자를 쓰고 있지만 여전히 대학 교수처럼 학자 같은 분위기가 물씬 풍겼다. 왕자샹이 들어오자 장원톈은 얼른 책을 내려놓으며 물었다.

"자샹, 상처가 좀 어때요?"

"우 강을 건너고 나서는 많이 괜찮아졌어요."

왕자샹이 대답을 하며 자리를 찾아 앉았다. 그는 책상 위에 클라우제비츠Carl von Clausewitz의 《전쟁론Vom kriege》이 놓여 있는 것을 보고는 이마를 찌푸렸다.

"지금 책이나 보고 있을 때가 아니지요. 정치국 회의가 가까웠는데 어떻게 할지 잘 생각해 보아야지 않겠습니까."

"그렇지 않아도 때가 되면 하고 싶은 말이 있어요."

장원톈은 뭔가 생각해 둔 듯 말했다.

"지금 쉐웨가 한창 구이양으로 가고 있는데, 아마 그 작자는 우리를 쫓아오는 것보다 구이양에 더 관심이 있을 거예요. 우리한테는 좋은 기회니까 다그쳐야 하겠지."

"얘기할 준비는 벌써 다 했군요."

왕자샹이 말했다.

"물론이지. 나는 우리 당원들의 자세가 민주적이어야 한다고 생각해요. 민주란 바로 서로 다른 의견에도 귀를 기울이는 것 아니겠어요.

그런데 지난번 광창廣昌 광창 전투를 망쳐 놓았을 때 말입니다. 내가 별로 날카롭지도 않은 의견 몇 마디를 내놓기 바쁘게 보구가 나더러 플레하노프Георгий Валентинович Плеханов 같다지 않겠어요?"

그 말에 왕자샹이 큰 소리로 웃었다.

"참, 나는 그 회의에 빠졌더랬지……. 그런데 보구가 왜 당신더러 플레하노프라고 그런 겁니까?"

장원톈은 그때 기분이 되살아나는지 목소리를 높였다.

"내가 광창 전투처럼 억지로 맞서 싸우는 것은 잘못이다. 결국 큰 손실을 입고 광창마저 잃지 않았느냐고 했더니 보구가 대뜸 그건 플레하노프의 기회주의 사상이라고 하잖아요. 내 의견이 플레하노프가 1905년 러시아 노동자들의 무장 폭동을 반대한 것이나 다름없다면서……."

"아니, 그걸 어찌 거기에 빗대 비난할 수 있지요?"

왕자샹이 말했다.

"하기는 우리 당에는 나쁜 습관이 있지 않습니까. 걸핏하면 기회주의다, 우경이다 하면서 모자를 뒤집어씌우는 버릇이요. 마치 자신은 늘 원칙대로만 하는 것처럼 말이지요."

"아무튼 난 그때부터 보구하곤 점점 멀어진 것 같아요."

장원톈이 씁쓸한 얼굴로 입을 열었다.

"6기 5중전회에서 보구가 인민 위원회 주석 자리를 만들더니만 나한테 그 일을 맡으라지 않았어요? 그런데 맡고 보니 영 이상한 자리였어요. 게다가 마오쩌둥이 소비에트 주석이어서 정부 일을 도맡아 했는데 내가 가는 바람에 할 일이 없어져 버렸지. 나도 밀어내고 마오쩌등도 내쳤으니 정말 일석이조였지요."

"일이 그렇게 된 거로군요."

왕자샹은 생각에 빠졌다. 장원톈이 나직이 말했다.

"그리고 한번은 리더가 그랬다면서 말을 전하던데, 지금도 그게 무슨 뜻으로 한 말인지 알 수가 없어요."

"무슨 말이길래요?"

왕자샹이 맑은 눈을 반짝이며 조심스럽게 물었다.

"리더가 여기서 일할 때는 역시 모스크바에서 온 동지를 믿어야 한다고 했다는데……, 우리끼리는 부딪히지 말라는 뜻이지 싶어요."

"그게 무슨 말이지?"

왕자샹이 화가 나서 목소리를 높였다.

"우리 당에서 어찌 그럴 수 있단 말입니까! 어떤 패거리나 개인을 받드는 게 아니라 옳은 이야기를 따라야지요."

"그렇지. 옳은 말을 하는 사람이 있으면 그걸 따라야겠지요."

장원톈도 다짐하듯 말했다.

그때 방문이 삐걱 열렸다. 저우언라이가 싱글벙글 웃으며 들어섰다. 검고 숱 많은 수염이 가슴에 멋지게 드리워 있었다. 그는 방 안을 훑어보고 나더니 고개를 들고 천장 아래에 매달린 등을 보며 말했다.

"이 집은 참 좋군. 누가 살던 집이랍니까?"

"마부 집이라던데."

"마부?"

저우언라이가 고개를 갸웃거렸다.

"정말입니다. 저우시청한테 시집도 못 보낼 만큼 너무 못생긴 누이

동생이 있었다거든. 저우시청이 결국 자기 마부한테 시집을 보냈대
요. 그런데 그 운 좋은 마부가 여단장으로 올라갔답니다."

　그 말에 저우언라이가 웃음을 터뜨렸다.

　"마오 주석은 없습니까?"

　"아침 일찍이 나가던데요."

　"어디로 갔습니까?"

"허쯔전한테 갔습니다. 의무대에서 전화가 왔는데 금방 아이를 낳을 것 같다고 하던데요."

"참, 이런 형편에서 몸을 풀어야 하다니 여성 동지들이 정말 고생이군."

저우언라이가 한숨을 쉬며 침대에 앉았다. 왕자샹이 말했다.

"금방 뤄푸 동지하고 얘길 좀 해 봤는데 정치국 회의를 되도록 빨리 여는 게 좋겠습니다."

저우언라이가 고개를 끄덕이며 말했다.

"안 그래도 어젯밤에 보구한테 가서 말했어요. 그러자고 하더군. 보

고서는 보구더러 쓰라고 했어요. 날 보고도 몇 마디 하라고 하던데……."

그러더니 저우언라이가 물었다.

"아쉽게도 마오 주석이 없군. 이번 회의를 어떻게 생각하고 있는지 그이한테 좀 들어 봤습니까?"

"역시 토론 범위를 너무 넓히지 말았으면 하던데요. 군사 문제에 집중하자구요."

왕자샹은 잘 알아듣게 말하지 못한 것 같아 한마디 보탰다.

"그러니까 정치 노선에 대해서는 먼저 언급하지 말자는 얘기지요."

저우언라이는 짙은 눈썹을 찌푸리고 한참 생각했다.

"그래요. 그게 좋겠습니다. 그러면 문제를 좀 더 쉽게 풀 수 있겠어요."

전화벨이 울렸다. 왕자샹이 수화기를 들고 통화를 하더니 웃으면서 수화기를 저우언라이에게 건넸다.

"언라이, 당신이 가는 곳마다 전화가 따라오는군요."

수화기를 받아 든 저우언라이는 몇 마디 듣지 않고 얼굴빛이 바뀌더니 몹시 흥분한 기색이었다.

"좋습니다. 알았어요. 돌아가서 처리하지요."

이렇게 말하고는 수화기를 쾅 놓았다.

"정말 영문 모를 일만 생기는군!"

저우언라이가 성을 내며 말했다.

"이 리더란 사람 좀 보세요. 정해 준 집이 마음에 안 든다고 성질을 부리면서 마구 총을 쏘아 댄다는군. 정말 말이 안 되지 않습니까."

"그게 정말입니까!

"더 이상 그냥 두어서는 안 됩니다. 몰아내야 합니다."

"난 먼저 가 봐야겠습니다. 마오 주석이 오면 다시 오지요."

저우언라이는 손을 젓고는 빠른 걸음으로 집을 나섰다.

1935년 1월 15일, 중국 공산당 정치국 확대회의가 국민당군 사단장 보후이장柏輝章 백휘장의 집에서 열렸다. 이 집에서 이런 회의가 열릴 줄은 누구도 생각지 못한 일이었다.

보후이장은 왕자레이 밑에 있는 사단장이었다. 이 호화로운 집은

구이양에 있는 왕자레이의 층집을 본 딴 것이었다. 집 둘레에는 넓은 복도가 있고 모두 아치형 조각으로 보기 좋게 장식되어 있었다. 왕자레이의 집과 다른 점이라면 한 층이 낮을 뿐이었다. 그래도 쭌이 성에 있는 낡고 자그마한 층집들에 대면 닭 무리 가운데 선 두루미 같았다. 거울처럼 반짝거리는 검은 대문을 들어서면 '마음을 위로하는 집慰盧'이라는 현판이 달린 둥근 문이 보였다. 산을 넘고 강을 건너 먼 길을

걸어온 사람들이 쉬어 가기에는 안성맞춤이었다.

겨울은 해가 짧았다. 저녁을 먹은 지 얼마 안 되어 땅거미가 졌다. 호위병들은 천장에 매달린 석유등에 불을 달았다. 이 층에 있는 너른 객실은 귤색 불빛으로 가득 찼다. 큰 화로도 가져다 놓고 숯을 담아 방 안 공기를 데웠다. 방 한가운데는 검고 기다란 상이 놓여 있었고, 그 곁으로 정교하게 만든 검정색 등나무 의자 열두 개가 나란히 늘어

서 있었다. 벽에는 시계도 걸려 있었다. 마치 이 모든 것이 이 회의를
위해 마련되어 있는 듯했다.

장정을 시작한 뒤로 이처럼 아늑한 환경은 처음이었다. 회의실에
들어선 정치국 위원들과 확대회의에 초청된 홍군 고위 장교들은 모두
웃는 낯이었다. 회의장에는 즐겁고 따뜻한 분위기가 감돌았다. 공산
당이란 본디 이래야 했다. 이제부터 열리는 회의는 심각하고 엄숙하

며 서로 맞서야 하는 것이었지만 아직 불안한 조짐은 보이지 않았다.
호위병들이 반듯하게 줄을 맞춰 의자를 놓아두었지만 유격 생활이 몸
에 밴 사람들이라 제 마음대로 끌어다 널찍하게 놓고 자유롭게 앉았
다. 너무 딱딱하고 틀에 박힌 생활은 이제는 그들과 맞지 않았다.

오늘 회의를 주재하는 사람은 총서기 보구였다. 곁에는 저우언라
이, 주더, 천윈陳雲 진윈이 앉았다. 마오쩌둥은 왕자샹, 장원톈과 나란

히 창문 곁에 앉았다. 머리는 더부룩하게 길었고 얼굴은 여전히 파리했지만 마음은 가벼워 보였다. 스스럼없이 웃고 말하는 품이 중요한 회의를 앞둔 사람 같지 않았다. 덩파鄧發 등발, 류샤오치劉少奇 유소기, 허카이펑何凱豊 하개풍 같은 다른 정치국 위원들과 확대회의에 초청된 류보청, 리푸춘李富春 이부춘, 린뱌오, 녜룽전, 펑더화이, 양상쿤楊尚昆 양상곤, 리줘란李卓然 이탁연, 덩샤오핑이 큰 상 둘레로 여기저기 앉아 있었다. 리더는 멀리 방 문어귀에 앉아 줄담배만 피워 댔다. 자욱한 담배 연기 만큼이나 그의 근심도 짙어 보였다. 곁에는 통역관 우슈취안吳修權 오수권이 앉아 있었다.

보구는 재능이 뛰어난 젊은이였다. 생각이 재빠르고 마르크스—레닌주의에 밝았다. 회의 때마다 입을 열기만 하면 무슨 말이든 막힘이 없었고, 논리적인 설명은 사람의 마음을 움직이는 힘이 있었다. 게다가 영어와 러시아 어로 마르크스, 레닌의 책을 단락째로 인용할 때면 회의장에서는 늘 폭풍 같은 손뼉 소리가 쏟아졌다. 하지만 젊은 나이에 큰일을 맡다 보니 어딘지 우쭐한 데가 있었다.

오늘도 여전히 긍지에 차 있었지만 어딘가 부자연스러워 보였다. 사실, 누구든 궁지에 몰리면 불안한 마음을 감추기란 힘든 노릇이다. 보구는 샹 강을 건넌 뒤로 동지들이 뒤에서 수군거리거나 앞에서 불만스럽게 따지는 이야기를 꽤나 들어 왔다. 오늘 회의도 여러 사람이 제의해 열리게 된 데다가, 보고도 다른 사람이 재촉해 준비한 것이었다. 그러니 불안한 마음이 없을 리 없었다. 자명종이 다섯 번 울리자 저우언라이가 보구의 귓전에 나직이 속삭였다.

"시작합시다."

보구는 고개를 끄덕이고 나서 방을 한 번 빙 둘러보고는 회의를 시작하겠다고 말했다. 그는 '5차 반 포위 토벌을 돌아보며'라는 제목으로 보고를 했다.

그는 6기 4중전회 뒤로 당 중앙이 세운 정책과 전략이 모두 정확했다면서 이 점을 거듭 강조했다. 중앙 소비에트 구역을 포기한 원인을 꼽으면서 여러 가지 외부 상황을 들었다. 먼저 5차 반 포위 토벌이 이전에 치른 반 포위 토벌과 다른 점을 강조했다. 제국주의 열강이 국민당에 엄청난 원조를 쏟아 부어 국민당 군대가 새로운 군사 장비와 뛰어난 군사 고문을 갖추었기 때문에 홍군이 뒤처질 수밖에 없었다고 했

다. 그러면서 내부 요인으로는 인민들과 백군 병사들을 설득하는 노력이 턱없이 부족했고, 홍군이 통일된 전략과 의지로 서로 힘을 모으지 못했다는 점을 꼽았다. 이러한 약점들 때문에 국민당 군대의 5차 포위 토벌을 막아 내지 못했다는 것이다.

보구는 보고를 하면서도 쉬지 않고 담배를 피워 댔다. 그는 자오록한 담배 연기 속에서 보고를 끝냈다.

"동지들, 이 보고서는 너무 급하게 쓴 것이라 부족한 부분이 있을 겁니다. 그러니 동지들이 볼셰비키 정신으로 비판해 주시기 바랍니다."

말은 이렇게 했지만 보구는 사람들이 어떻게 평가할지 무척 마음이 쓰였다. 마치 작품을 내놓고 독자의 판단을 기다리는 가련한 작가가 된 듯했다. 방 안에는 냉엄한 침묵이 흘렀다. 보구를 따르는 허카이펑은 회의장 안에 있는 얼굴들을 하나하나 뜯어보았다. 그들의 표정에서 반응을 읽으려고 애쓰는 듯했다.

이제 저우언라이가 보고할 차례였다. 그는 단호한 얼굴로 차분하게 말을 꺼냈다. 저우언라이의 보고는 보구가 한 것과 한 가지가 분명히 달랐다. 저우언라이는 5차 반 포위 토벌 투쟁에서 승리하지 못한 원인으로 내부 요인을 훨씬 많이 꼽았다. 지도자 자신이 군사 노선을 정하면서 잘못을 저질렀다고 솔직히 털어놓은 것이다.

"우리는 평생 잊을 수 없는 뼈아픈 교훈을 얻었습니다."

그는 회의장에 모인 동지들을 둘러보며 침통하게 말했다.

"제 결함과 잘못이 큽니다. 저는 제가 맡은 일에 대해 책임을 지고 잘못을 고치겠습니다. 동지들, 지켜봐 주시기 바랍니다."

그의 수염은 떨리는 듯싶었고 눈빛은 진실했다.

사람들은 그가 마오쩌둥, 주더와 마찬가지로 군사를 움직일 때는 기동전을 해야 한다고 주장한다는 것을 알고 있었다. 그가 마오쩌둥을 대신해 1방면군 총정치위원을 맡아 주더와 함께 적의 4차 포위 토벌에 맞섰을 때 홍군은 빛나는 승리를 거뒀다. 하지만 그 뒤 저우언라이와 주더는 '중심 도시'를 빼앗는 문제로 임시 중앙 정부와 맞서게 되면서 전방을 지휘하는 주도권을 빼앗겼다.

리더가 중앙 소비에트 구역에 들어온 뒤로 골은 더욱 깊어졌다. 마침내 1933년 말, 리더는 전방에 대한 지휘를 통일한다는 핑계로 중국 공산당 중앙국의 결정을 거쳐 홍군 총사령부와 1방면군 사령부를 없애고 '전방 본부'를 중앙 혁명 군사 위원회 아래에 두었다. 그리하여 보구와 리더가 부대를 직접 지휘하게 되었다. 형편이 그런데도 오늘 저우언라이가 성실하게 책임을 지겠다고 하니 사람들은 더욱 그를 우러를 수밖에 없었다.

곧 장원톈이 무거운 얼굴로 말을 이었다. 마오쩌둥, 왕자샹과 미리

의견을 나눈 뒤 꼼꼼하게 준비한 발언이었다. 장원톈은 크고 쟁쟁한 목소리로 보구의 보고를 비판했다. 회의장 분위기는 긴장을 더해 갔다.

"제가 몇 마디 하겠습니다."

마오쩌둥은 웃으며 창 턱에 놓인 낡은 에나멜 컵을 들고 물을 마셨다. 그러더니 한 손에는 간추린 원고를 들고 다른 한 손에는 담배를 낀 채 말을 꺼냈다. 다른 때는 원고 없이 연설을 하곤 했지만, 오늘은 특별히 준비를 한 것이 분명했다.

"저기 앞은 바로 야랑국입니다. 이곳은 오래전 이백이 유배를 왔던 곳이지요. 하지만 이백은 야랑국에 정말 온 게 아니라 오다가 풀려나서 돌아갔습니다. 그런데 우리는 다르지요. 맙소사, 누가 우리를 풀어 주겠습니까? 장 위원장은 우리를 사면해 주지 않을 겁니다. 우리는 앞으로도 우리의 두 다리로 걸어가야 할 겁니다."

딱 들어맞는 비유에 여기저기서 나지막하게 웃는 소리가 들려왔다. 회의장은 금세 활기를 되찾았다.

"문제는, 우리가 왜 이처럼 먼 길을 걷게 되었는가 하는 것입니다." 그는 말머리를 돌려 본론으로 들어갔다.

"우리가 근거지를 잃었기 때문이지요. 그러면 왜 근거지를 잃었습니까? 보구 동지의 말대로라면 적의 힘이 너무 강했기 때문입니다. 그렇습니다. 적들은 확실히 너무 강했습니다. 하지만 앞선 몇 차례 반포위 토벌에선 적들이 강하지 않았단 말입니까? 5차 반 포위 토벌 때는 홍군이 팔만 명으로 늘어났지만 앞선 네 차례 반 포위 토벌에서는 일이만, 이삼만밖에 되지 않았습니다. 적의 5차 포위 토벌을 짓부수지 못한 것은 역시 우리의 군사 노선에 문제가 있었기 때문입니다. 우리가 혁명전쟁을 치러야 하는 곳은 바로 이 중국 땅입니다. 그러니 중국 혁명 군대는 반드시 이 땅의 고유한 특징을 파악해서 독특한 전략과 전술을 세워야 합니다. 그런데 우리는 그 점을 인정하지 않았습니다. 적들도 그 전에는 비슷한 잘못을 저질렀지요."

마오쩌둥이 말을 이었다.

"적들은 홍군과 싸우려면 유연한 전략과 전술이 필요하다는 것을 인정하지 않았기 때문에 계속 실패했습니다. 나중에야 장제스가 국민당 장군 류웨이위안柳維垣 유유원과 다이웨戴岳 대악의 의견을 받아들이면서 보루 전술을 펴기 시작했습니다. 하지만 우리 홍군에는 도리어 옛 전술을 고집하는 사람이 나와 '보루를 보루로 막아야 한다.', '적을 문 밖에서 물리쳐야 한다.'고 주장했습니다. 이렇게 적과 한 해 가까이 소모전을 치르면서 근거지는 갈수록 줄어들었지요. 결국 땅을 한 치도 안 내주려다가 나중에는 그 땅을 통째로 내주고 이 엄청난 이동을 하게 된 것입니다."

그는 하나하나 놓치지 않고 날카롭게 짚었다.

"그런데 이런 전술을 내세운 사람들은 왜 적의 조건과 우리의 조건이 다르다는 것은 생각하지 않습니까? 우리가 소모전을 할 수 있는 상황입니까? 용왕들끼리 보물 자랑을 하는 것이야 말이 되지만 거지가 용왕하고 보물을 겨룬다면 그보다 우스꽝스러운 일이 어딨겠습니까."

회의장에는 또 웃음소리가 일었다. 리더는 고개를 숙였고 보구도 얼굴이 붉어졌다.

"물론 옛 전술을 고집한 동지들도 나름대로 생각이 있었을 겁니다."

마오쩌둥의 말투가 한결 부드러워졌다.

"땅을 잃을까 두렵고 이것저것 정성스레 담아 둔 단지나 항아리가 깨질까 봐 겁이 났겠지요. 전들 그 항아리나 단지가 깨지는 게 좋겠습니까? 하지만 동지들! 흔히 잃어야만 잃지 않는 경우가 많지요. 만약 땅을 잃더라도 적을 이기고 잃은 땅을 되찾아 영역을 넓힐 수만 있다면 이것은 수지맞는 장사지요. 시장에서 물건을 사는 사람은 돈을

내지 않고서는 그 물건을 제 것으로 만들 수 없습니다. 파는 사람도 마찬가지예요. 그 물건이 제 손에서 떠나야 돈을 벌 수 있는 겁니다. 혁명 운동에서도 우리는 파괴를 하면서 진보와 건설을 이뤄 내는 것입니다. 잠을 자고 쉬면서 시간을 보내야지만 내일 다시 일할 수 있는 힘을 얻습니다. 만약 이런 이치를 모르는 바보가 있어서 잠을 안 잔다면 그 사람은 이튿날 기운이 하나도 없겠지요. 동지들, 그렇지 않습니까?"

사람들은 웃음을 터뜨렸다.

"어떤 동지들은 적을 깊이 끌어들이는 것이 무슨 전략이냐고 합니다."

마오쩌둥이 말을 계속했다.

"그들은 저를 도망주의라거나 유격주의라고 나무랍니다. 권법을 아는 두 사람이 싸울 때 총명한 사람은 대부분 먼저 물러섭니다. 바보는 기세 좋게 달려들면서 있는 재주를 다 뽐내다가 꼬꾸라지지요. 《수호전水滸傳》에 나오는 홍교두洪教頭를 아십니까? 시진柴進의 집에서 임충林沖과 싸울 때 '덤벼라, 덤벼!' 하고 우쭐거리다가 결국 뒤로 물러서던 임충에게 빈틈을 보이고 땅에 동댕이쳐졌지요."

마오쩌둥은 한숨을 쉬었다.

"우리는 기동전을 해야 합니다. 우리의 원칙은 이길 수 있으면 싸우고 이길 수 없으면 피하는 것입니다. 제가 늘 동지들에게 말합니다만, 우리는 앉아 있을 준비도 하고 떠날 준비도 하면서 양식 자루를 잃지 말아야 합니다. 하지만 어떤 동지들은 큰 나라의 지배자처럼 격식을 갖추고 '정규전'을 해야 한다고 하면서 재빨리 움직이는 것을 몹시 싫어합니다. 그렇습니다. 세상 이치란 바로 이렇습니다. 부대 이동을 반대하다가 더 크게 이동해야 하는 일이 생겼습니다. 동지들, 우리는 현실을 정확하게 파악하고 조건에 맞게 싸워야 합니다. 그 산에 가면 그 산에서 부르는 노래를 불러야 합니다."

마오쩌둥의 보고는 한 시간이 지나서야 끝났다. 군사 노선을 중심으로 이야기하면서 다른 이야기도 좀 곁들였는데, 진지하면서도 해학이 넘쳤다. 사람들은 마오쩌둥의 연설을 들으며 제멋대로 엉켜 있던 생각이 명쾌하게 정리되는 듯했다. 마치 잘 빚은 술이라도 마신 듯 후련했다. 보구는 생각에 잠겨 있었다. 리더는 마오쩌둥을 힐끗 보더니 고개를 돌리고 짙은 연기를 혹 내뿜었다.

왕자상은 잔뜩 흥분한 얼굴이었다. 그동안 이 회의를 위해 무던히도 애를 썼기 때문이다. 며칠 쉬었더니 상처가 많이 나아져 들것 신세를 지지 않고 호위병의 부축을 받으며 일찌감치 회의장에 들어섰다. 다행히 회의는 흡족하게 진행되고 있었다. 왕자상은 숨을 고르며 말을 꺼낼 때를 찾았다. 너무 일찍 하는 것도, 너무 늦는 것도 좋지 않았다. 마오쩌둥의 이야기가 끝나자 회의장 분위기가 한결 부드러워졌다. 이때를 놓칠 수 없었다. 왕자상은 헛기침을 두어 번 하고는 입을

뗐다.

왕자샹은 마오쩌둥의 이야기에 힘을 실으며 덧붙여 보구, 특히 리더의 독단적인 태도를 비판했다. 리더가 소비에트 구역에 들어온 뒤로 군사위원회 일을 멋대로 휘둘렀고, 보구는 리더의 말만 듣고 중요한 결정들을 내렸다고 했다. 그 뒤로 당내에 "집단 지휘는 사라졌"다고 지적했다. 또 아랫사람들을 짓누르면서 정작 자신에 대해서는 아무런 비판도 하지 않아, 결국 5차 반 포위 토벌 실패라는 참담한 결과를 낳았다고 비판했다.

"그 군사 노선이 잘못됐다는 건 그간 여러 사람들이 짚었습니다. 그런데 당신들 두 사람은 듣지 않았을 뿐만 아니라 다른 의견들을 억눌렀습니다. 마오쩌둥 동지는 적들의 보루 정책을 짓부수기 위해 홍군을 돌려 장쑤, 저장 일대로 진격한 다음 장제스의 측면과 후방을 치자고 했습니다. 이렇게 하면 푸젠 사변에 힘을 보태 19로군을 직접 도울 수 있었을 테고, 적들이 알심을 들여 세워 놓은 보루 역시 완전히 무용지물이 되고 말았을 겁니다. 이런 훌륭한 전략을 당신네들은 받아들였습니까? 당신들은 우리 당의 민주를 싸구려로 만들어 놓았습니다. 권력을 장악했으니 진리도 장악한 것이라고 여기고 있나 본데 이것은 완전히 다릅니다. 우리 홍군이 중앙 소비에트 구역을 떠나 이 엄청난 이동을 하게 된 것이 그렇게 대수롭지 않은 일입니까? 그런데 당신들은 이렇게 큰일도 정치국 회의 한 번 없이 멋대로 결정했습니다. 대체 당내의 민주를 어떻게 여기고 있는 겁니까?"

그러더니 왕자샹은 저도 모르게 일어섰다.

"저는 리더 동지한테 군사 지휘를 맡기는 게 옳지 않다고 생각합니다. 리더 동지의 군사 지휘권을 해임하고 마오쩌둥 동지가 군사 지휘에 참여해야 합니다."

회의장은 깊은 물에 바위를 던져 넣기라고 한 것처럼 술렁거렸다. 주더는 주름 가득한 얼굴을 활짝 편 채 사람들을 둘러보았다. 왕자샹의 발언은 마오쩌둥이 헤쳐 놓은 돌파구를 확 열어젖히면서 새로운 분위기를 마련했다. 하지만 그 시원스럽고 알알한 이야기에 몇 사람은 불편하고 언짢은 기색을 감추지 못했다.

허카이펑은 왕자샹을 노려보고는 그가 채 자리에 앉기도 전에 입을 열었다.

"저는 보구 동지가 한 보고에 동의합니다."

허카이펑은 회의장을 둘러보고 나서 말을 이었다.

"다들 알고 있다시피 6기 4중전회 뒤로 당의 방침은 대단히 정확하고 뛰어났습니다. 당 중앙은 코민테른의 노선을 충성스럽게 따랐고 볼셰비키의 확고함을 보여 주었습니다. 그동안 당이 이뤄 낸 성과는 누구도 깎아내리지 못할 것입니다. 5차 반 포위 토벌에서 나타난 문제는 우리 잘못도 있지만, 무엇보다 적들이 너무 강했기 때문이라는 외부 요인이 더 큽니다. 게다가 우리 잘못이라는 것도 어느 한 부분의 문제이고 전술 문제이지 결코 마르크스—레닌주의 근본 원칙에 어긋나는 것이 아닙니다. 그런 점에서 마오쩌둥 동지와 왕자샹 동지의 질책은 지나칩니다. 동지에 대한 비판은 반드시 사실을 바탕으로 해야지 절대 멋대로 부풀려서는 안 됩니다."

그는 왕자샹을 가로보며 소리를 높였다.

"군사 문제로 말할 것 같으면 리더 동지는 그 분야 최고 학부라고

할 수 있는 프룬제 군사 대학에서 공부했고 정규 훈련을 거친 사람입
니다. 마오쩌둥 동지는 《손자병법孫子兵法》이나 몇 번 읽은 게 고작인
데 그 얘기들이 모두 마르크스 – 레닌주의란 말입니까? 저는 우리가
뭉쳐야지 서로 헐뜯고 나무라서는 안 된다고 봅니다.”

허카이펑의 말이 끝나기도 전에 회의장 여기저기서 웅성거리는 소
리가 일었다.

“이게 어째서 그저 헐뜯고 나무라는 일입니까! 그럼 지난 문제들을
의논하지 말아야 한단 말입니까?”

“허카이펑 동지, 어떤 문제가 부풀려졌다고 생각합니까?”

“아니⋯⋯.”

그러자 마오쩌둥이 몸을 일으키고는 차분히 말했다.

"누구나 의견을 말할 권리가 있지요. 끝까지 들어 보는 게 좋겠습니다."

이때 리더가 팔꿈치로 통역을 툭 치고는 벌떡 일어섰다. 그는 러시아 말로 빠르게 말하기 시작했다. 러시아 말을 모르는 사람들은 그저 실룩거리는 볼과 독기 어린 노란 눈만 바라보아야 했다. 우슈취안은 리더의 말이 끝나기를 기다려 통역했다.

"오늘은 길게 얘기하고 싶지 않습니다. 두 가지만 분명히 얘기하겠습니다. 첫째, 나는 5차 반 포위 토벌을 책임진 지난 일 년 동안 병력도 장비도 형편없는 중국 홍군을 거느리고 뛰어난 장비를 갖춘 오십만 국민당군과 싸워 이겼습니다. 둘째, 내가 병력을 질서 있게 재편성한

덕분에 홍군은 네 겹의 방어선을 뚫고 자신의 실력과 전투력을 보존할 수 있었습니다. 그런데도 당신들은 전술적이고 대수롭지 않은 잘못 몇 개를 부풀려 마치 내 군사 노선에 문제가 있는 것처럼 말하고 있습니다. 아무 힘도 없는 군사 고문한테 이런 식으로 죄를 뒤집어씌워도 되는 겁니까?"

그는 자리에 앉고 나서도 여전히 화가 풀리지 않는지 짙은 담배 연기만 풀풀 내뿜었다.

녜룽전은 1군단 정치위원으로 키가 늘씬한 사람이었다. 온화하고 관대한 성품이라 다른 사람과 논쟁하는 일이 드물었다. 하지만 원칙 문제에 있어서는 한 치도 양보가 없었다. 주평 산九峰山 구봉산을 넘을

때 발을 다쳤는데, 샹 강을 건너면서 상처가 곪는 바람에 들것 신세를 져야 했다. 덕분에 그는 왕자샹과 함께 오면서 5차 반 포위 토벌에 대해 의견을 나눌 수 있었다. 녜룽전도 오래전부터 이 회의를 기다렸다. 본디는 정치국 위원들이 모두 발언한 다음 말을 꺼내려고 했는데, 허카이펑과 리더의 말을 들으니 더 참을 수가 없었다.

"리더 동지는 우리더러 사실을 존중하라고 하면서 정작 자신은 가장 중요한 사실을 잊고 있습니다. 바로 우리 홍군이 중앙 소비에트 구역을 잃고, 어쩔 수 없이 천 리 길을 걸어 이곳까지 와야 했다는 사실을 말입니다. 이 모든 게 전술 문제니까 곁다리일 뿐이라는 건 너무 가볍게 말하는 것 아닙니까! 이건 정말 펑더화이 동지 말마따나 '자식이 아비의 밭을 팔고도 마음이 아프지 않은' 격이지요."

녜룽전은 보구와 리더를 바라보면서 침착하게 말을 이었다.

"당신들이 고집한 '보루 대 보루' 전술 때문에 어떤 일이 벌어졌는지 아십니까? 딩마오 산丁毛山 정모산 전투를 예로 들어 보겠습니다. 적이 보루를 쌓자, 우리도 따라서 보루를 쌓고 맞섰습니다. 그렇게 일주일 동안 싸웠지만 잃은 것이 더 많았지요. 저는 3연대에서만 중대장급 간부 아홉 사람이 죽어 나가는 걸 봐야 했습니다. 한 소대장은 화가 치밀어 '이게 뭐 하는 짓입니까? 밤을 새며 만든 보루는 적의 포탄 한 방에 날아가 버렸습니다. 우리는 이로 적의 보루를 물어뜯어야 하는 겁니까?' 하고 말했습니다. 우리는 이런 의견들을 모두 위에 보고하고 건의했습니다. 하지만 당신들이 그 얘기를 들어주었습니까? 예. 아예 귓등으로 흘려버렸지요."

녜룽전이 한쪽 입꼬리가 비웃듯 내려갔다.

"리더 동지, 말이 나온 김에 당신이 아주 자랑스럽게 여기는 '짧고 빠른 돌격' 전술에 대해서도 얘기해 보지요. 적들이 보루를 떠나 전진할 때 공격하고 곧장 보루로 되돌아오라고 했는데 그러면 우리 병력이 적에게 완전히 드러난다는 점은 왜 생각하지 못했습니까? 구룽강古龍崗고룡강 전투가 좋은 예지요. 그 전투에서 우리는 쉐웨가 이끄는 네 개 사단 가운데 일부를 숨어서 공격하려고 했습니다. 하지만 '짧고 빠른 돌격' 전술을 따르는 사이 적은 재빨리 물러서 버렸고, 결국 적을 얼마 무찌르지도 못하고 우리만 사상자를 많이 냈습니다. 만약 적을 깊이 끌어들였다면 단언컨대 적을 모두 물리칠 수 있었을 겁니다."

녜룽전은 아직도 그 전투가 아쉬운 듯 한숨을 쉬었다. 이어 푸젠 사변이 일어났을 때 푸젠 인민정부와 손을 잡지 않은 것도 5차 포위 토벌을 짓부수지 못한 중요한 원인이라고 지적했다. 푸젠 사변이 5차 반포위 토벌 초기에 일어났기 때문에 잘만 움직였다면 적의 포위 토벌을 물리치고 난징 정부에도 큰 타격을 줄 수 있었다는 것이다. 하지만 당 중앙이 문제를 너무 정치적으로만 바라보다가 기회를 놓쳤다고 목소리를 높였다.

"그때 당 중앙에서는 장제스는 큰 군벌이고 푸젠 인민정부는 작은 군벌이다. 사람들을 헷갈리게 만드는 제삼 세력은 장제스보다 더 위험하다. 그러면서 우리가 굳이 작은 군벌들 방패막이가 될 필요는 없다고 했습니다. 얼마나 우스운 일입니까. 그때 장제스는 우리를 포위토벌 하러 온 부대를 푸젠 서부로 보내 바로 옆에 있던 푸젠 인민정부 세력을 낱낱이 무찌를 수 있었습니다. 모두들 이제 국민당군을 쳐야 한다고 말할 때 중앙은 작은 군벌을 도와주는 거라면서 기어코 치지 않았습니다. 그 왼쪽으로 치우친 사상이 지금 어느 지경에 이르렀는 지 생각해 보십시오."

녜룽전이 이렇게까지 거세게 이야기하는 일은 아주 드물었다.

"저도 한마디 하지요."

펑더화이가 리더를 힐끗 보고는 짙은 눈썹을 찡그렸다.

"푸젠 사변이 일어나기 전에 장광나이蔣光鼐 장광내하고 차이팅카이 가 자신들도 장제스한테 맞서 항일하겠다고 담판하러 사람을 보내왔 습니다. 저는 그 사람들을 초대해 큰 대야에 돼지고기를 담아 함께 밥을 먹었습니다. 그랬더니 중앙에서는 전보를 보내 제가 정성이 부 족해 대접을 잘못했다며 나무라더군요. 그래 놓고는 나중에 그쪽 대

표가 루이진에 담판하러 갔을 때는 제삼 당은 국민당보다 더 나쁘다고 했습니다. 한때는 정성이 부족하다고 그랬다가 또 한때는 국민당보다 더 나쁘다고 하는데, 장제스한테 맞서 항일하겠다는 게 뭐가 나쁜지 모르겠습니다. 당신들한테는 얼떨떨한 도리가 정말 많습니다."

평더화이의 말에 사람들은 하하하 웃음을 터뜨렸다.

"게다가 동서고금의 전술가들은 모두 병력을 모으라고 하는데, 리더 동지는 병력을 흩어 놓으라고 말합니다."

평더화이가 말을 이었다.

"전에 마오 주석이 지휘할 때는 줄곧 1군단과 3군단을 함께 두었는데, 리더 동지는 두 주먹으로 적을 친다며 두 군단을 갈라놓았습니다. 퇀춘團村 전투에서 적은 세 개 사단, 열다섯 개 연대로 모두 사만 명 가까이 되었는데 우리 3군단 네 개 사단은 고작 만 명이었습니다. 우리 부대가 적의 진지로 쳐들어가자 적은 큰 혼란에 빠졌지요. 제가 지휘소에서 보니 적은 갈팡질팡하고 있는데 우리 전사들이 보이지 않았습니다. 용감한 호랑이가 양 떼를 덮치더라도 양이 너무 많고 보면 무엇 하나 제대로 잡을 수 없지요. 정말 아쉬웠습니다. 그때 1군단이 함께 있었더라면 적군 열다섯 개 연대를 전부 없앨 수 있었을 테고 여기까지 오는 일도 없었을 겁니다."

"그렇습니다."

녜룽전도 안타깝게 말했다.

"우리도 좋은 기회가 여러 번 있었는데 모두 3군단이 없어서 성공하지 못했습니다. 정말 아쉽습니다."

평더화이가 말을 받았다.

"솔직히 말해 처음에는 리더 동지가 도대체 어떻게 지휘를 하길래 이러는 건지 몹시 갑갑했습니다. 나중에 들으니 집 안에 틀어박혀 지도만 본다더군요. 비례자로 재어서 박격포를 어디에 배치할 건가 하는 것까지 하나하나 정해 놓고 무조건 따르라고 한다지요. 리더 동지는 우리가 빼앗은 십만분의 일짜리 지도가 실제 측량을 거치지 않은 데다가 어떤 때는 방향까지 틀린다는 걸 모르고 있습니다. 명령을 내리면 즉시 그곳에 도착해야지, 부대가 밥을 먹어야 하고 잠을 자야 한다는 건 모릅니다. 정말 갈 수 있는 형편인지는 생각하지 않습니다. 쉰커우洵口 순구 전투 때는 정말 화가 머리끝까지 났습니다. 적 한 개 대대를 당장 없앨 수 있는데 기어이 병력을 물려 샤오스硝石 초석를 치라는 겁니다. 한나절도 주지 않았지요. 그런데 그 샤오스라는 곳은 죽을 자리였습니다. 적의 보루들 한가운데인 데다가 둘레에는 적 여덟아홉 개 사단이 있었습니다. 제가 전보를 보내 절대 갈 수 없다고 해서야 그대로 있을 수 있었습니다. 갔더라면 우리 3군단은 몽땅 귀신이 됐을 겁니다. 난평 성南豊城 남풍성을 공격할 때도 제가 신병 연대를 남겨 산 어귀를 지키도록 했기에 망정이지, 하마터면 1군단도 섬멸될 뻔했습니다."

펑더화이는 리더를 바로 보면서 말을 이었다.

"리더 동지, 홍군이 여태 실력을 보존할 수 있었던 게 자신의 지휘 성과인양 말하고 있는데 내가 보기에는 뛰어난 판단력을 지닌 우리 홍군이 때때로 당신을 막지 않았다면 홍군은 진작 당신 손에 망하고 말았을 겁니다."

"이런 이야기는 더 하고 싶지 않습니다."

펑더화이가 손을 내저으며 말했다.

"아니요. 저는 광창 전투에 대해서도 말해야겠습니다. 적들은 일곱 개 사단, 한 개 포병 여단으로 광창을 공격했습니다. 제가 그 자리에 눌러앉아 광창을 지키고 있어서는 안 된다고 거듭 말했지만 보구 동지와 리더 동지는 한사코 듣지 않으면서 우리더러 보루를 쌓으라고 했지요. 그때 보구 동지는 임시 사령부 정치위원을 맡았고 리더 동지는 사실상 총사령관이었습니다. 결국 하루 내내 죽을힘을 다해 싸웠지만 아침부터 저녁까지 적기 예닐곱 대가 번갈아 날아와 폭격하는 바람에 공들여 쌓은 보루는 도로 맨땅이 되었습니다. 안에서 진지를 지키던 한 개 대대는 한 사람도 살아남지 못하고 전부 희생되었어요. 부대가 거듭 돌격했지만 사상자가 천 명 가까이 이르렀습니다. 밤에 보구 동지와 리더 동지가 저랑 양상쿤 동지를 불렀습니다. 만나자마자 리더 동지는 그 본새로 짧고 빠른 돌격을 해야 한다느니 화력을 더 배치하라느니 하더군요. 제가 화력을 배치하려고 해도 탄알이 없다고 대꾸했습니다. 어찌나 부아가 터지던지 저도 목숨 걸고 하고 싶은 얘기를 다 했습니다. '리더 동지, 당신이 온 뒤로 언제 한번 제대로 이겨 본 적이 있습니까. 적은 오십만인데 우리는 겨우 오만입니다. 적은 전국에 정권이 있지만 우리는 이백오십만이 사는 소비에트 구역이 있을 뿐입니다. 적한테는 비행기와 대포가 있지만 우리는 탄알도 없지요. 그러니 어찌 적들하고 소모전을 한단 말입니까. 당신이 방에 틀어박혀 지도나 보면서 세운 그놈의 전술 때문에 오늘 우리가 어떻게 당했는지 잘 보았겠지요! 소비에트 구역을 세운 지 여덟 해가 지났고 1군단과 3군단이 활동한 지도 여섯 해가 지났는데 당신은 이 모든 것을 죄다 말아먹고 있단 말입니다.' 자식이 아비의 밭을 팔아먹고도 아까워하지 않는다는 말은 제가 그때 한 겁니다. 우슈취안 동지가 통역을 다 안 했는지, 제 말을 듣고도 리더 동지가 별로 화를 안 내길래 양상쿤 동지를 보고 다시 통역해 주라고 했습니다. 리더 동지는 노발대발했지요. '이건 봉건이에요! 봉건이란 말입니다!' 하면서 마구 욕을 퍼붓고 소리를 지르더니만 제가 군사 위원회 부주석에서 밀려났다고 이런 불만을 터뜨린다지 뭡니까. 제가 하도 어이가 없어서 침을 탁 뱉으며 소인의 마음으로 군자의 마음을 어찌 짚겠느냐고 대거리했습니다. 저는 그때 낡은 군복을 가방에 넣고 그를 따라 루이진으로 갈 생각이었습니다. 거기서 제 당적을 제명하든, 군중 대회를 열어 재판을 하고 죽이든 하나도 두렵지 않았습니다."

녜룽전과 펑더화이의 발언은 금방 허카이펑과 리더의 발언으로 일어난 풍파를 가라앉혔다. 두 갈래 폭포수가 만나 사정없이 부딪치고는 조용히 가라앉는 듯했다.

주더는 진작 말을 꺼내려 했지만 번번이 남한테 가로채이고 말았다. 조금 전에 허카이펑과 리더의 발언을 들으며 주더는 순박한 얼굴에 패인 주름이 더 깊어졌다. 억센 턱뼈도 순식간에 뻣뻣해졌다가, 조금 전 녜룽전과 펑더화이의 말을 들으며 편안한 얼굴이 되었다. 그는 부드럽게 첫마디를 꺼냈다. 그의 이야기는 짧고 분명했다.

"우리 홍군은 유물론적 변증법으로 전술을 연구하고 응용해야 합니다. 사물이나 상황은 늘 바뀝니다. 절대 틀에 박힌 방법으로 군대를 지휘해서는 안 되지요. 마오 주석은 바로 현실을 바탕으로 해서 홍군에 맞는 전술을 세웠기 때문에, 여러 차례 포위 토벌에 맞서 이길 수

있었습니다. 그런데, 아깝게도 제5차 반 포위 토벌에서 우리가 그동
안 피 흘려 얻은 값진 경험을 깡그리 버렸기 때문에 이렇게 형편이 어
려워진 것입니다. 우리가 오늘 이 어려움을 헤쳐 나가려면 당연히 마
오 주석이 지휘에 참여하도록 해야 합니다."

주더의 말이 끝나자 손뼉 소리가 여기저기서 들려왔다.

이어 리푸춘과 류보청 같은 사람들이 의견을 내놓았다. 저우언라이
는 마오쩌둥의 의견에 동의하면서 마오쩌둥이 홍군을 지휘해야 한다
고 말했다. 벽에 걸린 시계가 땡땡 여섯 번을 쳤다. 사람들이 고개를
쳐들고 보니 창문으로 동이 터 오고 있었다. 천장에 달린 등불의 기름
도 거의 닳았고 화로에 담긴 숯불도 잿더미가 된 지 오래였다. 사람들

은 그제서야 으스스한지 가볍게 몸을 떨었다. 복도에서 물을 끓이고 있던 호위병들이 큰 주전자를 들고 들어와 사람들에게 뜨끈한 찻물을 부어 주었다.

"들어 보세요. 밖에서 무슨 소리 안 납니까?"

마오쩌둥이 차를 마시며 물었다. 사람들이 숨을 죽이고 들으니 장사꾼이 외치는 소리였다.

"순두부를 파는 것 같군."

저우언라이가 대꾸했다.

"누가 한턱내겠습니까? 배가 엄청 고팠는데 말도 못 꺼냈어요."

마오쩌둥이 너스레를 떨었다.

"우리 쓰촨의 순두부는 정말 맛있지요. 그런데 구이저우는 어떤지 잘 모르겠군."

주더도 슬며시 웃으면서 호위병을 불러 나가 보라고 했다.

호위병들은 싱글벙글해서 나가더니 순두부 사발을 들고 총총히 들어왔다. 김이 문문 나는 순두부 위에는 빨간 고추를 조린 기름이 동동 떠 있었다. 지치고 배고픈 사람들에게는 더없이 훌륭한 음식이었다.

"괜찮네. 맛이 괜찮아요."

주더는 순두부가 입에 맞나 보았다.

"그래도 우리 쓰촨 것보단 좀 못한 것 같은데."

"그러게요. 고추가 조금 적은 것 같네요."

마오쩌둥이 웃으면서 대꾸하고는 고개를 돌렸다.

"보구 동지, 두부 맛이 어떻습니까?"

"우리 장쑤나 저장 사람들은 두부를 그다지 즐기지 않지요."

보구가 우울해서 말했다. 그는 한참 망설이다가 말을 이었다.

"마오 동지, 당신 이야기를 나는 진지하게 들었습니다. 어떤 부분은 나를 많이 깨우쳐 주었어요. 하지만 어떤 부분은 받아들일 수가 없습니다."

"그건 아마 내가 고추를 왕창 넣어서 그럴 겁니다."

마오쩌둥이 농담으로 말을 받았다.

"서두를 것 없어요. 시간을 두고 얘기를 나눕시다."

"그래요. 천천히 더 얘기를 나누어야지요."

저우언라이도 웃으면서 거들었다. 두 사람 다 이제야 좀 마음이 놓이는 듯했다.

중앙 정치국 확대회의는 이튿날 밤까지 이어졌다. 회의에 들어온 사람들은 그저 방어만 하는 군사 노선을 비판하고 마오쩌둥이 군사 지휘를 맡는 데 동의했다. 회의가 끝났을 때는 이미 자정이 지난 뒤였다.

보구는 울적해서 회의장을 나왔다. 거리는 조용했다. 조금 뒤 누군가 걸어오는 소리가 들렸다. 고개를 돌려 보니 허카이펑이 바삐 뒤따라오고 있었다.

"오늘 회의를 어떻게 생각합니까?"

허카이펑이 곁에 와서 나직이 물었다.

"당신 생각엔 어떻습니까?"

보구가 되물었다.

"너무 건방지더군요."

허카이펑이 분개해서 말했다.

"코민테른이 보낸 군사 고문한테 어찌 이럴 수가 있습니까? 부분이 아니라 모두를 인정하지 않겠다는 의도가 쫙 깔려 있어요. 이러다가는 당 중앙의 정치 노선까지 부정하겠는데요!"

보구는 금방 대답하지 않았다. 짙은 어둠 속에서 고개를 떨군 채 생각을 추스렸다.

"제가 보기엔 린뱌오가 괜찮더군요! 펑더화이는 영 말이 아니었습니다."

허카이펑이 말했다.

"녜룽전이라는 사람을 조심해야겠습니다. 평소에는 아무 내색을 않다가 회의에서 하는 말이 그게 뭡니까!"

보구가 한참 망설이더니 입을 열었다.

"나는 그 사람들의 발언을 받아들일 수 없습니다. 하지만 일부 의견들, 특히 군사 전술에 관한 마오쩌둥의 의견은 틀렸다고 할 수 없어요."

그 말에 허카이펑이 불만스럽게 말했다.

"혹시, 흔들리고 있는 것 아닙니까? …… 난 우리가 한 가지만큼은 반드시 놓치지 말아야 한다고 생각합니다. 총서기 자리는 절대 내줄 수 없습니다."

"그거야 물론이지."

그들의 목소리는 갈수록 작아지더니 금세 짙은 어둠 속으로 녹아들어갔다.

마오쩌둥은 옛 성을 나와 푸룽 강에 놓인 긴 돌다리를 걸었다. 선 호위병이 낡은 램프를 들고 뒤를 따랐다. 자정이 넘도록 회의를 했지만 그는 밤잠이 없는 사람처럼 배만 고플 뿐 전혀 졸리지 않았다. 다리를 지나니 새 도시의 성문 곁에 아직도 등잔을 켜 놓고 물건을 거두는 늙은이가 보였다. 아마 장사를 접으려는 것 같았다.

"주인장, 무얼 팔고 계십니까?"

마오쩌둥이 다가가서 물었다.

"떡을 팔고 있습니다. 아직 뜨거우니 좀 사시죠."

마오쩌둥이 호위병을 돌아보았다.

"돈을 갖고 왔겠지? 좀 넉넉하게 사세요. 모두들 배가 무척 고플 거

야."

그는 늙은이가 떡을 싸 주기를 기다리며 말을 건넸다.

"주인장, 하루 벌이가 얼마나 됩니까?"

"자그마한 장사라 얼마 안 됩니다."

"홍군이 오고 나서 형편이 좀 어떻습니까? 혹시 떡을 사고 돈을 안 내는 사람은 없습니까?"

"그런 사람이 어디 있겠습니까?"

늙은이가 웃으며 대꾸했다.

"홍군이 오니 장사가 잘됩니다. 이렇게 좋은 군대는 이 늙은이가 평생 본 적이 없어요."

싸 주는 떡을 받아 들고 막 돌아서는데 다리 위로 등불 하나가 다가왔다. 저우언라이와 호위병이었다. 마오쩌둥은 저우언라이가 서둘러 걸어오는 것을 보고 물었다.

"언라이, 무슨 일이 있습니까?"

저우언라이가 마오쩌둥을 한쪽으로 끌고 가면서 말했다.

"내일 조직 문제를 토론하려고 하는데……."

"좋지요."

"큰 틀에서 보면 오늘 회의는 잘 끝난 셈입니다. 물론 비판을 전부 받아들여야 하는 건 아니라고 하는 이도 좀 있어요."

"천천히 해야지."

마오쩌둥이 고개를 끄덕이며 말했다.

"하나의 사상 체계는 오랜 시간에 걸쳐 이루어지는 거지요. 어찌 하룻밤 새에 뒤집히길 바라겠습니까?"

"상황을 보니 보구 동지가 자리를 쉽게 내놓을 것 같지 않아요."

마오쩌둥이 망설이다가 말했다.

"그 문제라면 더욱 서두르지 맙시다. 지금 무엇보다 먼저 군사 지휘 문제를 해결하는 게 중요해요. 이제 리더한테 더 맡겨서는 안 됩니다."

"물론이지요."

저우언라이가 말했다.

"군사 지휘는 당신이 맡는 게 좋겠습니다."

"아니요. 그러면 갑자기 너무 많은 게 바뀌는 거니까 언라이, 당신이 총책임을 맡고 내가 돕지. 만약 당신이 내 의견을 받아들이지 않으면 회의에 붙이는 수밖에 없어요."

두 사람은 오랜만에 한참 마주 웃었다.

회의는 꼬박 사흘 동안 이어져 다음 날 새벽에야 끝이 났다. 장원톈이 회의에서 결의한 내용을 담은 초안을 쓰기로 하고, 행군을 하면서

부대에 전달하기로 했다.

회의에서는 이렇게 결정을 내렸다. 우선 마오쩌둥을 중앙 정치국 상임위원으로 임명했다. 그리고 그동안 군사 지휘를 맡아 온 리더와 보구, 저우언라이 삼인단의 권한을 취소하고, 여전히 최고 군사 수장인 주더와 저우언라이가 군사 지휘를 맡기로 했다.

최종 군사 지휘권은 저우언라이에게 두되, 마오쩌둥을 저우언라이의 협조자로 임명했다. 하지만 하급에 회의 결과를 전달할 때는 리더의 이름을 그대로 넣고, 연대 이상 간부가 참가한 회의에서는 보구의 이름으로 선포하기로 결정했다.

또 한 가지 중요한 변화가 더 있었다. 리핑 회의에서 구이저우 북부를 중심으로 근거지를 만들기로 했는데 그 결정을 바꿔 양쯔 강揚子江 양자강을 건너 청두成都 성도 서남쪽 혹은 서북쪽에 근거지를 만들기로 했다. 류보청과 녜룽전, 두 쓰촨 사람이 제의한 곳인데, 정치적으로나 군사적으로나 경제적으로 모두 구이저우 북부보다 나았다.

홍군이 쭌이를 점령하고 있는 사이, 야심에 찬 쉐웨는 이미 부대를 거느리고 구이양에 들어가 구이저우의 실권을 완전히 거머쥐었다. 구이양에 있던 제7종대 우치웨이吳奇衛 오기위 부대는 칭전淸鎭 청진을 지나 야츠 강鴨池河 압지하을 건넌 뒤 구이저우 서부를 거쳐 신창新場 신장, 쭌이 쪽으로 동진하고 있었다. 구이저우 군대도 류광 강六廣河 룩광하을 건너 다구신창打鼓新場 타고신장을 따라 쭌이로 진군했고, 광시 군대는 두윈都勻 도균에 이르렀다. 후난 군대는 벌써 전위안에 이르렀고 쓰촨 군대는 퉁즈 북쪽에 있는 쑹칸松坎 송감에서 앞을 막고 있었다. 쭌이를 중심으로 포위망을 만들고 있는 것이 분명했다. 홍군은 이미 쓰촨을 새로운 목표로 정했으니 쭌이에 오래 머물 필요가 없었다. 회의가 아직 끝나지 않았지만 홍군은 펑더화이한테 3군단을 맡겨 쑹칸 쪽으로 전진하게 했다. 뒤따라 중앙 종대도 쭌이를 출발했다.

중앙 종대가 쭌이를 떠나는 날, 적지 않은 사람들이 광장으로 나와 바랬다. 다릿목에서 준이로 들어서는 홍군을 환영하던 두톄추이도 사람들 속을 이리저리 기웃거렸다. 거무칙칙한 얼굴에 땀방울이 송송 돋아 전보다 더 생기 있어 보였다. 그는 쭌이 시의 한 구역 소비에트 주석을 맡아 바빴다. 몸이 두 개라도 모자랄 지경이었다.

진위라이는 가장 먼저 쭌이에 나타난 '수마 사령관'이라 그의 곁에는 사람들이 꽤 많이 모였다. 두톄추이는 그를 겨우 찾아냈다. 그는 진위라이를 보자 손을 거머쥐면서 말했다.

"진 중대장, 겨우 찾았군요."

그러자 곁에 선 사람들이 소리쳤다.

"중대장이 아니고, 이제부턴 대대장입니다!"

진위라이가 환하게 웃으며 말했다.

"두 사부, 날 바래기보다 석탄 캐던 형제들을 바래러 나왔지요?"

함께 홍군을 맞았던 광부 친구들은 진즉 홍군에 들어가, 대부분 진위라이의 중대에 편입되었는데, 오늘이 떠나는 날이었다. 진위라이는 두톄추이의 손을 잡고 대오 속에 있는 형제들을 찾아 주었다. 이 노동자들은 겨우 몸이나 가리던 헌 옷을 벗어 버리고 쭌이의 재봉사들이 만든 제대로 된 군복을 입고 있었다. 탄띠를 척 두른 모습이 꽤나 어울렸다. 두톄추이는 한 사람씩 손을 맞잡고 작별 인사를 나눴다. 모두들 낯빛이 눈에 띄게 밝았다. 리샤오허우의 웃음소리는 어느 때보다 쟁쟁했다. 누구한테서도 그다지 서운한 빛을 읽을 수 없었다. 두톄추이만 어느새 눈물이 글썽했다. 진위라이가 웃으면서 말했다.

"두 사부, 보내기 아쉬운가요?"

"아닙니다. 저도 따라가고 싶어서요. 하지만 위에서 저한테 부상병 몇을 맡겼으니 어찌 갈 수 있겠습니까? 우리 홍군이 가고 백군 놈들이 오면 저는 어찌 해야 할지……."

두톄추이는 말꼬리를 흐리더니 리샤오허우를 보고 물었다.

"샤오허우, 입대한다고 어머니한테 말씀드렸나?"

"네. 말씀드렸어요. 말씀드리지 않구요."

리샤오허우가 히죽거리며 말했다.

"정말이니?"

"에이, 말씀드리면 안 보내 주실 거예요. 잘 아시면서요. 시간이 없으니 사부가 대신 말씀드려 주세요."

리샤오허우는 별일 아니라는 듯 대꾸했다.

그때 몇 사람이 호위병과 말들을 뒤딸린 채 이쪽으로 걸어왔다. 마오쩌둥과 주더, 저우언라이, 보구와 장원톈이었다. 진위라이가 두톄

추이를 툭 치고는 웃으면서 말했다.

"지난번에 쭌이로 들어서는 홍군을 환영하러 나와서 '장군'들을 보고 싶어 하지 않았습니까? 보십시오. 저기 저분들입니다."

그사이 수장들이 앞에 이르렀다. 진위라이가 나서서 경례를 하고는 두톄추이를 중앙 수장들에게 소개했다.

"아, 이분이 두톄추이 동지군요."

마오쩌둥이 웃으며 고개를 돌렸다.

"두톄추이 동지는 지금 구역 소비에트 주석입니다. 광부들을 여럿 우리 홍군에 가입시켰습니다."

주더가 말없이 두톄추이의 어깨를 두드렸다. 마오쩌둥은 그윽한 눈길로 두톄추이를 바라보며 격려했다.

"우리가 가면 적들이 올 텐데 절대 조심해야 합니다! 만약 성 안에 있기 어려우면 시골로 몸을 피하세요. 우리는 꼭 돌아올 겁니다."

두톄추이는 굳은 얼굴로 고개를 끄덕였다.

며칠 전 그는 폭죽을 들고 다릿목에서 홍군을 맞아들였다. 그리고 토호를 치고 밭을 나누고 소비에트를 세우는 일에 앞장섰다. 수만 명이나 되는 사람들 앞에서 연설을 하기도 했다. 모든 것이 순식간에 바뀌었다.

어찌나 빨리 오고 빨리 가는지 꿈을 꾸는 것만 같았다. 그는 이 모든 것이 버거웠다. 두톄추이는 중앙 수장들을 물끄러미 바라보고는 무겁게 입을 뗐다.

"동지들, 얼른 돌아오십시오."

"우리는 꼭 돌아올 겁니다."

두례추이는 눈물이 글썽해서 떠나는 사람들을 바랬다. 대오는 남겨진 이들의 간절한 희망을 짊어진 채 다시 서쪽으로 전진했다.

지도로 보는 대장정

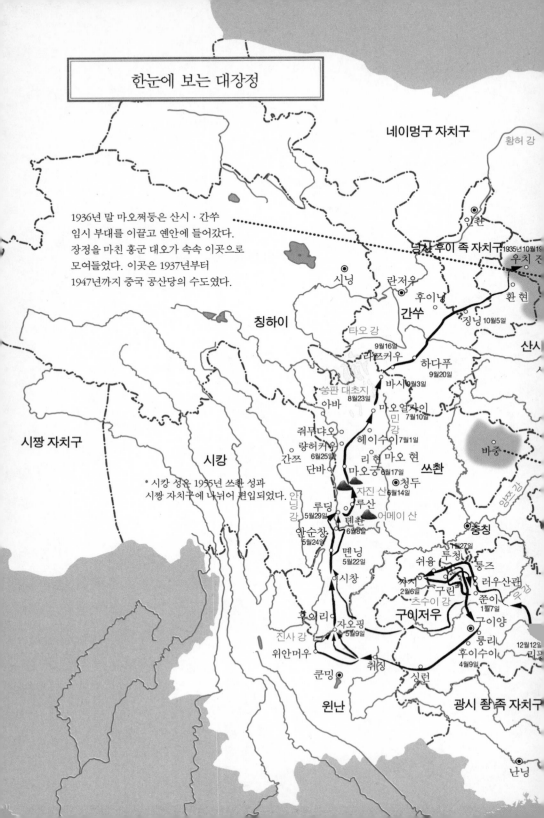

한눈에 보는 대장정

네이멍구 자치구

황허 강

1936년 말 마오쩌둥은 산시·간쑤
임시 부대를 이끌고 옌안에 들어갔다.
장정을 마친 홍군 대오가 속속 이곳으로
모여들었다. 이곳은 1937년부터
1947년까지 중국 공산당의 수도였다.

인촨

닝샤 후이 족 자치구

1935년 10월 19
우치 전

시닝

칭하이

란저우

후이닝

간쑤

환 현

징닝 10월 5일

산시

타오 강

9월 16일

라즈커우

하다푸
9월 20일

바시 9월 3일

쑹판 대초지
8월 23일

아바

마오얼자이
민 7월 10일
강

시짱 자치구

시캉

쥐무댜오

헤이수이 7월 1일

량허커우
6월 25일

간쯔

단바

리 현 마오 현

마오궁 6월 17일

바중

쓰촨

자진 산
6월 14일

청두

충칭

* 시캉 성은 1955년 쓰촨 성과
시짱 자치구에 나뉘어 편입되었다.

안
닝
강

루딩
5월 29일

루산

톈촨
6월 8일

어메이 산

진
사
강

안순창
5월 24일

몐 닝
5월 22일

시창

1월 27일

러우산관

쉬융

투청

러우산관

자시
2월 6일

구린

구린

1월 7일

쭌이

후이리

자오핑
5월 9일

츠수이 강

구이저우

진사 강

위안머우

취징

쿤밍

윈난

싱런

룽리

후이수이
4월 9일

12월 12일
리

구이양

광시 좡 족 자치구

난닝

지린

엔볜 ◦

랴오닝

선양 ◦

허하오터 ◦

베이징 ◦

톈진 ◦

허베이

타이위안 ◦

스자좡 ◦

◦ 진

산시

지난 ◦

산둥

장쑤

황허 강

정저우 ◦

허난

안후이

허페이 ◦

난징 ◦

상하이 ◦

◦베이

러산

우한 ◦

양쯔 강

항저우 ◦

저장

즈

난창 ◦

창사 ◦

후난

장시

루이진 ◦
1934년 10월 15일

푸젠

푸저우 ◦

← 찬저우

우 9관양

신펑 ◦

30일

란

광둥

타이완

광저우 ◦

마카오 홍콩

홍군 25군
1934년 11월 16일 출발해 1935년
9월 15일 산시 북부에 있는
융핑 진까지 약 오천 킬로미터를
걸었다.

홍군 4방면군
1935년 5월 초 근거지를 떠나
6월 13일 1방면군과 합류했다.
9월 장궈타오가 좌로군을 이끌고
남하를 강행하면서 1방면군과
갈라진 뒤, 1936년 10월 9일
후이닝에 닿을 때까지 오천
킬로미터가 넘게 걸었다.

홍군 2방면군
1935년 11월 19일 장정에 나섰다.
이듬해 6월 말 간쯔에서 4방면군과
합류했다. 10월 22일 후이닝 동부
장타이바오에서 1방면군과 만날
때까지 약 만 킬로미터를 걸었다.

홍군 1방면군
1934년 10월 15일 근거지를
떠났다. 1935년 10월 19일
우치 진에 닿을 때까지 약
만 이천오백 킬로미터를 걸었다.

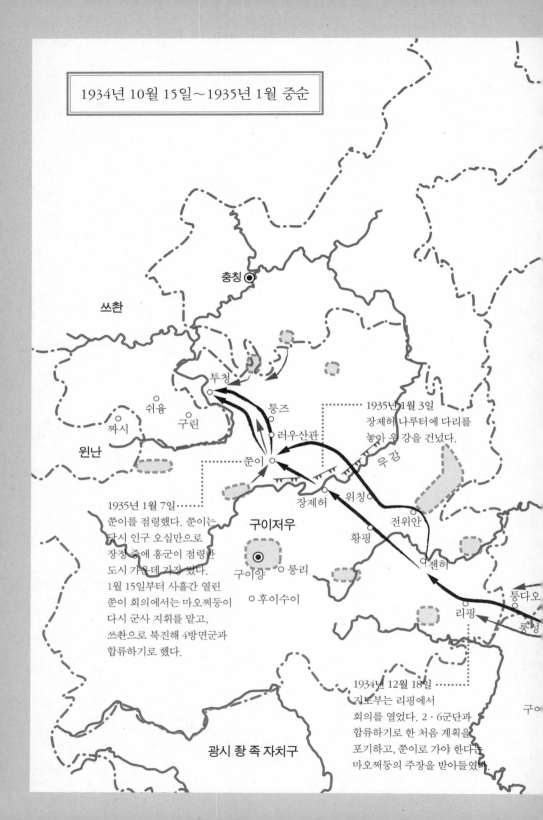

1934년 10월 15일~1935년 1월 중순

쓰촨

충칭 ◉

윈난

쉬융 ○

짜시 ○

구린 ○

투청

퉁즈 ○

러우산관 ○

쭌이 ○

1935년 1월 3일
장제허 나루터에 다리를
놓아 우 강을 건넜다.

우 강

장제허 ○

위칭 ○

전위안 ○

구이저우

황핑 ○

젠허 ○

1935년 1월 7일
쭌이를 점령했다. 쭌이는
당시 인구 오십만으로
장정 중에 홍군이 점령한
도시 가운데 가장 컸다.
1월 15일부터 사흘간 열린
쭌이 회의에서는 마오쩌둥이
다시 군사 지휘를 맡고,
쓰촨으로 북진해 4방면군과
합류하기로 했다.

구이양 ◉

룽리 ○

후이수이 ○

리핑 ○

퉁다오

룽성

1934년 12월 18일
지도부는 리핑에서
회의를 열었다. 2·6군단과
합류하기로 한 처음 계획을
포기하고, 쭌이로 가야 한다는
마오쩌둥의 주장을 받아들였다.

광시 좡 족 자치구

구이

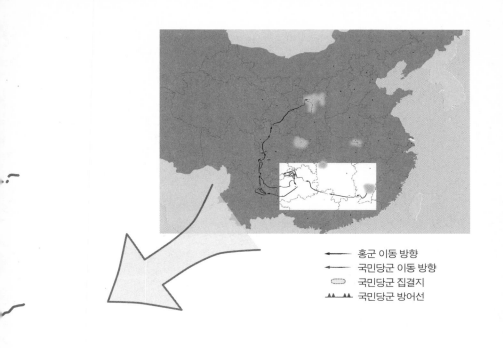

홍군 이동 방향
국민당군 이동 방향
국민당군 집결지
국민당군 방어선

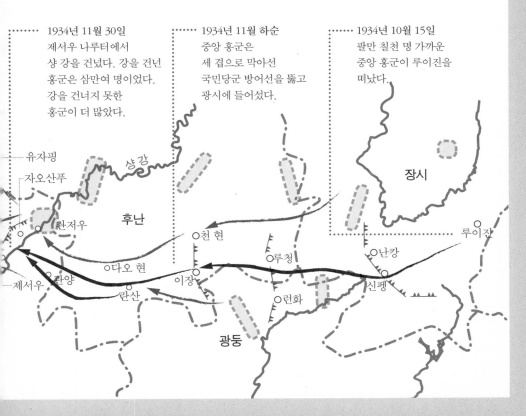

1934년 11월 30일
제서우 나루터에서
샹 강을 건넜다. 강을 건넌
홍군은 삼만여 명이었다.
강을 건너지 못한
홍군이 더 많았다.

1934년 11월 하순
중앙 홍군은
세 겹으로 막아선
국민당군 방어선을 뚫고
광시에 들어섰다.

1934년 10월 15일
팔만 칠천 명 가까운
중앙 홍군이 루이진을
떠났다.

유자핑
자오산푸
샹 강
후난
환저우
다오 현
천 현
루청
란양
이장
란화
란산
장시
루이진
난캉
신펑
제서우
광둥

소설
대장정 1

2011년 1월 10일 1판 1쇄 펴냄

글 웨이웨이 | 그림 선야오이 | 옮긴이 송춘남

편집 김성재, 서혜영 | **디자인** 유문숙

제작 심준엽 | **영업** 박꽃님, 백봉현, 안명선, 안중찬, 이옥한, 조병범, 최정식

홍보 김누리 | **콘텐츠 사업** 위희진 | **경영 지원** 유이분, 전범준, 한선희

제판 (주)로얄프로세스 | **인쇄와 제본** (주)상지사 p&b

펴낸이 윤구병 | **펴낸 곳** (주)도서출판 보리 | **출판 등록** 1991년 8월 6일 제 9-279호

주소 (413-756)경기도 파주시 교하읍 문발리 파주출판도시 498-11 | **전화** 031-955-3535 | **전송** 031-950-9501

누리집 www.boribook.com | **전자 우편** bori@boribook.com

이 책의 내용을 쓰고자 할 때는, 저작권자와 출판사의 허락을 받아야 합니다.

잘못된 책은 바꾸어 드립니다.

값 11,000원

보리는 나무 한 그루를 베어 낼 가치가 있는지 생각하며 책을 만듭니다.

ISBN 978-89-8428-639-9 04820

978-89-8428-638-2 (세트)

이 책의 국립중앙도서관 출판시 도서목록(CIP)은 e-CIP 홈페이지(http://www.nl.go.kr/ecip)에서 볼 수 있습니다.

(CIP 제어 번호:CIP2010004575)